TAKE
SHOBO

恋敵は自分?
冷徹無愛想な魔公爵さまは前世の私にベタ惚れでした

葉月エリカ

Illustration
緒花

蜜猫
Mitsuneko F

contents

イラスト／緒花

恋敵は自分？

冷徹無愛想な魔公爵さまは
前世の私にベタ惚れでした

プロローグ

闇の向こうから、嗚咽《おえつ》混じりの声がする。

普段は耳に優しくて、高すぎも低すぎもしないまろやかな声。

世界中の誰よりも愛したその声は、今は混乱に裏返ってかすれていた。

「どうしよう……血は止まったけど、生命力が薄れてる……このままじゃ、もう……っ」

瞼《まぶた》を開けることはできなかったが、目に映るかのようだった。

美しい顔を悲痛に歪《ゆが》め、彼女は泣いている。頬《ほお》にぱたぱたと落ちてくる雫《しずく》は、瑠璃色の瞳から零《こぼ》れた熱い涙だ。

(泣かないでくれ……俺は、何も後悔してないから……)

自分は、彼女の足枷《あしかせ》にならないために命を絶つことを選んだのだから。

ナイフで掻《か》き切った首の傷が、ずきずきと痛みを訴えて疼《うず》いていた。出血だけは癒《いや》しの魔法で止まったようだが、神経の修復までは追いついていないらしい。

――そう。彼女は生まれながらにして魔力を持つ魔女だった。

世間における魔女とは、一概に邪悪な存在として語られるが、彼女に禍々《まがまが》しいところは微塵《みじん》もなかった。

行くあてのない少年に手を差し伸べてくれた、底抜けに親切な女性。

八歳も年上の彼女に、自分は出会った瞬間から恋をした。

（せめて、キスくらいはしてみたかったな――……）

思った瞬間、願望どおりに柔らかな感触が唇に重なった。

驚きのあまり、弾かれたように瞼が開く。

年齢の割にあどけない顔を濡《ぬ》らした黒髪の女性が、声を震わせて微笑《ほほえ》んだ。

「よかった……目を開けてくれましたね……！」

こちらを覗《のぞ》き込《こ》む彼女の背後には、見慣れた居間の天井が広がっていた。

鈴蘭《すずらん》を模した形の照明は、夜になると独りでに明かりの灯《とも》る魔法がかけられている。

視線を横に向ければ、絨毯《じゅうたん》は首からの流血で黒ずんでいたが、この状況の元凶である人物は影も形もなく消えていた。

（そうだ……あいつは、彼女の魔法で焼き尽くされて……）

「……メ……ティア……」

「喋《しゃべ》らないで。じっとしていてください。あなたはもう死んでてもおかしくないんです」

彼女の名を呼ぼうとした唇を、またしても唇で塞がれる。

甘やかなその温度に、髪の先から爪先までが陶然とした。

夢に見るほど憧れた、初恋の女性との口づけ。これが冥途の土産《みやげ》というものなのか。

――が、何やら様子がおかしい。

別れのキスというには、その接触は長くて濃厚だった。具体的には、唇を割って舌まで入ってきた。

口内を探る仕種《しぐさ》はたどたどしく、明らかに不慣れだ。

そのくせ謎の使命感が伝わってくる、がむしゃらで懸命な行為だった。

彼女のことを抱きしめたいが、腕を持ち上げる力ももはやない。

その一方で、妙なところだけがじわじわと元気になってきた。

ぎこちなく動く手が胸を撫《な》で、腰を撫で、とうとう下肢の中心に達した瞬間、そこは完全体となって張りつめた。

（……嘘《うそ》だろ？　さっき、あんなに血を流したのに？）

節操のなさに、我ながら呆然《ぼうぜん》とする。

とはいえ生物の雄は、死を察知した瞬間に子孫を残そうとする本能が働くとも聞く。

だとすれば、これも正常な反応なのか――いや。

問題は、彼女が何を思ってこんな突拍子もない真似《まね》をするのかだ。

「ごめんなさい……あなたの意思も確かめずに、こんなこと……」

謝りながらも、その手はズボンの前を開いて隆起したものを解放した。

それだけで終わらず、彼女は黒いドレスのスカートをたくしあげ、急《せ》かされるようにこちらの腰を跨《また》いだ。

あの男に下着を脱がされた彼女のそこと、敏感な先端が触れ合って、思わず唾を飲む。

「本当にすみません。私だって恥ずかしいんです。でも、あなたをこのまま死なせるわけにはいかないから……っ」

ちゅく――という湿った音を、嘘のように聞いた。

息を詰めた彼女が腰を落とすが、若い雄茎はぶるんっとしなって狙いが外れる。

躍起《やっき》になってそれを掴《つか》んだ彼女は、今度こそとばかりに唇を噛《か》み、一気に体内へ埋めきった。

「っ、……！」

熱くて狭い肉の洞《うろ》に、ずぶずぶと根元までを呑み込まれる。

現実のこととは思われず、眩暈《めまい》を覚えて見上げれば、彼女は苦しげに眉根を寄せていた。

わざわざ訊《き》いたことはないが、彼女にだってこんな経験はないはずだ。

痛みで蒼白《そうはく》になり、額に冷や汗を浮かばせ、それでも腰を揺らし始める。女性の破瓜《はか》の痛みなど想像しかできないが、なんの準備もしていない場所に男を迎え入れるのは、拷問のようなものではないか。

（やめてくれ、こんなこと……！）

必死に目で訴えるも、彼女の動きは止まらない。

情けないことに、腰の奥がじんじんと重たく疼いてきた。

初めは乾いていた彼女の内部も、生理的な反応ゆえか、少しずつ潤いを帯びている。密集した襞《ひだ》にぬちゅぬちゅと揉《も》み絞られる感覚は、得も言われぬ喜悦をもたらした。

「……結局、犯罪者になっちゃいましたね」

ばつが悪そうに彼女は笑った。

二年前に初めて想《おも》いを告げたとき、未成年とどうこうなるのは犯罪だから——と返事を保留にしたことを思い出しているようだった。

「でも、仕方ないんです……あなたを救う方法は、これしかないから……」

彼女が息を乱すたび、ドレスの胸元を押し上げる乳房が柔らかく弾む。目の毒だとわかっていても、視線を外せなかった。

さっきまで青ざめていた頬は、ほんのりとした珊瑚《さんご》色に火照っている。

耳に響く水音は粘度を増していて、彼女のほうも快感を覚え始めているというのは、都合のいい勘違いだろうか。

「これは……魔女の禁術です……」

後ろめたさを打ち消すように、切れ切れの声が降ってくる。

「生涯でたった一度……初めて異性と体を交わすときにだけ、行使できる術で……多分、使うことはないだろうと思っていたけど……」

　何を話されているのか、もうはっきりとはわからなかった。

　呑《の》み込《こ》まれた部分のみならず、皮膚という皮膚が温かな粘膜に包まれたようで、思考が意味をなさなくなっていく。


「──私のすべてをあなたにあげます」


　高まる快感の中で、慈愛そのものの声を聞いた。

　なんの未練も迷いもない、覚悟だけを感じさせる響きだった。

「だから、どうかあなたは生きて……いつかまた出会えたら、そのときこそ……──っ、あ！」

　ひときわ高い声とともに、激しい痙攣《けいれん》が伝わった。

　同時にこちらも限界を迎え、堪えていたものを噴き上げる。

　めくるめく快感に揉みくちゃにされる一方で、ひどく混沌《こんとん》とした感覚を覚えた。

　繋《つな》がった場所から彼女の胎内に取り込まれ、もう一度産み落とされるような。

　蛹《さなぎ》の中の芋虫が一旦どろどろに溶けたのち、新たな骨と輪郭を形成していくかのような。

　後から思えば、その感覚は正しかった。

彼女と最初で最後の交わりを終えたのち、自分は以前とは異なる存在になったのだ。
——予想外の、まったく望みもしなかった、歪《いびつ》で孤独な生き物に。

第一章　無邪気な王女は塩対応な魔法使いに恋をする

「はぁ……はっ、はぁ……っ！」

ぬかるむ地面に足をとられそうになりながら、ユーリアは息を切らして走っていた。

行く手を阻む葦《あし》の群生は、八歳の少女を周囲から覆い隠してしまうほどに背が高い。

秋の日はすでに暮れかけて、視界も悪かった。頭上に広がる木々の枝からは長い蔓植物《つるしょくぶつ》が垂れ下がり、ユーリアの頭や顔を鞭《むち》のようにぴしゃりと打った。

四方からはギュワギュワギュワと馴染《なじ》みのない音が響いている。この湿原にのみ生息する、大人の顔ほどもある蛙《かえる》の鳴き声だ。

（なんて気味の悪い場所なの……）

背筋に寒気が走るのは、白貂《しろてん》の外套《がいとう》を天幕に置いてきてしまったせいだけではない。

この国を治める父から聞いた話によれば、ここいらの土地はかつて、海の一部だったという。

今から何千年もの昔、地殻の変動をきっかけに、大量の海水が内陸に流れ込んだのだ。

長い時を経て海水は引いたが、三日月型の湾が砂州《さす》によって閉ざされ、そこに生じた湖沼に土砂や泥炭《でいたん》が堆積した。

地理的に閉鎖された湖沼には、生物にしろ植物にしろ、独自の固有種が育ちやすい。例の不気味な大蛙もそのひとつだ。

また、この湿原は渡り鳥の中継地としても名を馳《は》せていた。春先に飛来した鳥たちが繁殖を終えたのち、湖沼が凍り始める前に越冬地へと旅立つのだ。

何百羽もの鳥の群れがいっせいに飛び立つ様は壮観で、秋の半ばを過ぎると、多くの人々が観測に訪れる。

中でも今年は、ルディキア王家の面々がやってくるということで、付近の町の住民が熱心に歓待してくれた。

訪れたのは国王夫妻をはじめ、十七歳になる第一王子と、まだ九歳の第二王子。さらには三人の王女姉妹。

町一番の宿を丸ごと貸し切って逗留《とうりゅう》し、湖畔に張られた専用の天幕までは、連日馬車での送迎がなされた。

この機会に王家と少しでも懇意になろうと、各地の貴族連中が押しかけてきたせいで、湿原は途端に喧《かまびす》しくなった。

これでは、王宮で催される夜会や園遊会とさして変わらない。

両親と年長の兄姉が社交に応じる横で、末の王女であるユーリアは、すぐに手持ち無沙汰になってしまった。

そんなふうに退屈していたのは彼女だけではない。

『なぁ、ユーリア。俺と一緒に探検しないか？』

大人たちの目を盗み、ユーリアの手を引いて天幕を抜け出したのは、ひとつ年上の兄であるエミリオだった。

妹と同じ瑠璃色の瞳を輝かせるエミリオは、この国の第二王子でありながら、そこらのやんちゃ坊主のように無鉄砲な性質《たち》だった。

『向こうに、森みたいな木立が見えるだろ？ あのあたりは沼地になってて、そこを越えた先に屋敷があって、以前は【湿地の魔女】が住んでたんだってさ。もしまだ魔女がいるのなら、ユーリアも会ってみたくないか？』

そんな情報をどこで仕入れたのかといえば、逗留中の宿で親しくなった、経営者夫婦の孫娘からだそうだ。

なんでも、湿原の奥地には煉瓦《れんが》造《づく》りの古い建物があり、若くて美しい魔女が本当に住んでいたらしい。

魔女や魔法使いという存在がお伽話《とぎばなし》の中のものだけでないことは、ユーリアも知っている。

ごく稀《まれ》にではあるが、生まれつき髪や目の色素を持たない人間がいるのと同じくらいの確率で、魔力を宿した赤ん坊が生まれることがあるのだという。

国や時代によって彼らの扱いは異なるが、現在のルディキアでは概《おおむ》ね忌避の対象だった。何をしてくるかわからない、「普通」とは異なる存在を、人は本能的に排除したがるものだ。

しかし、【湿地の魔女】は例外的な「良い魔女」だった。

彼女のもとには、悩みを抱えた人々が数多く訪れた。子宝に恵まれない夫婦や、畑に害虫が湧いた農夫や、中には政敵を呪い殺してほしいと依頼する他国の大臣まで。

彼らの願いを魔女は魔法で解決し、時には諦めるようにと事を分けて説得した。

必要だと思えばわずかな報酬を受け取り、そうではないと思えば無償で、悩める人々に寄り添った。

その献身ぶりが評判を呼び、一時は依頼人の列が引きもきらなかったそうだが、いつからか湿原は再びの静寂を取り戻した。

誰かが屋敷を訪ねても、屋敷の門には茨《いばら》が絡みついて閉ざされ、どれほど呼びかけても応《いら》えは返らなくなったそうだ。

人助けに疲れた魔女が引きこもって交流を断ったのか、別の土地へと移ったのか、それはわからない。

だが、この湿原にまだ魔女が住んでいるのなら、エミリオにはぜひとも叶《かな》えてもらいたい願い事があるのだという。

『食べても食べてもなくならない、カスタードプディングの大皿があったら最高だろ？　そのときには、もちろんユーリアにも分けてやるよ』

『駄目です、エミリオ兄様。怪我《けが》をしたり迷子になったりしたら、私たちだけじゃなく、お付きの人まで叱られちゃうんですよ』

根が真面目なユーリアは忠告したが、ずるずるとなし崩しに引きずられ、兄の「探検」に付き合わされることになってしまった。

案の定、なんの知識も準備もなしに沼地へ踏み込んだエミリオは、小一時間もしないうちに蛇の尻尾を踏んでふくらはぎを噛まれた。

運悪くそれは毒蛇だったようで、脂汗を流して動けなくなった兄を、ユーリアは断腸の思いで置いてくるしかなかった。

とにかく天幕のある場所まで戻り、助けを呼ばなければ——気が逸《はや》るあまり、もはやどちらから来たのかもわからず、ユーリアは完全に迷っていた。

「きゃっ……！」

木の枝に足をとられ、ユーリアはべしゃりと転んだ。

掌《てのひら》をすりむいた上に、赤い天鵞絨《ビロード》のドレスも、左右に分けた黒髪から覗《のぞ》く額も、粘つく泥にまみれている。

からからの喉に力を込め、ユーリアは声を限りに叫んだ。

「お父様、お母様、どちらですか……!?」

仮にも自分はこの国の王女だ。こんなはしたない格好で戻れば怒られるに違いなかったが、それでもユーリアは両親に会いたかった。

勝手な行動に出る兄を止められず、皆に心配をかけたことを、大好きな二人にうんと叱ってほしかった。

「お願い、誰か……誰か来て……――!」

どれだけ叫んでも、返ってくるのは不気味な蛙の鳴き声ばかり。

もうすぐ完全に日が暮れて、気温はずっと低くなるだろう。

何より恐ろしいのは、暗闇の中に一人ぼっちで取り残されることだった。

乳母日傘《おんばひがさ》で育てられたユーリアは怖がりで、いまだにランプを灯したまま、たくさんのぬいぐるみに囲まれてでないと眠れないのだ。

(もしかして、誰にも見つけてもらえないまま、私はここで死んじゃうの……?)

餓死なり凍死なりで動かなくなった体を、何百匹もの蛙がむしゃむしゃと食らい尽くす。

子供特有の短絡思考で、恐怖がぶわりと膨れ上がった。

「やだ……いやぁ……!」

恐ろしい想像を振り払うように、ユーリアは再び駆け出した。

涙で視界がぼやけるせいと、さっき以上に無我夢中だったせいで、自分がどこに向かって走っているのか、ろくにわかっていなかった。

「っ――!?」

ふいに足下の地面が、正体をなくしたようにぐずっ……と沈んだ。

水面が朽葉で覆われていたために、地面だと思っていたそこは、すでに沼の一部だった。

足首が水に浸《つ》かると同時に、水中で堆積していた泥がもろもろと崩れる。尻もちをついたユーリアは雪崩《なだ》れる泥に巻き込まれ、たちまち沼の中へと呑《の》まれてしまった。

(息……苦しい……っ)

後から思えば、その沼はさほど深くはなかった。

それでも、水底に沈殿した泥炭が足や脛に重たく絡み、浮上しようとする動きを阻む。まるで死者の手に捕まって、より暗い場所へと引きずり込まれるかのようだった。

パニックになって叫べば、貴重な酸素が儚《はかな》い泡と化すばかり。空になった肺には泥混じりの水が流れ込み、意識が濁っていく。

伸ばした手が力を失い、すぐそこまで迫る死を悟った瞬間、ユーリアはふと思った。

――なんだろう。

――ここは寒くて、ひどく静かだ。

これに似た感覚を、自分は過去に知っている気がする。

胎児として母のお腹《なか》の中にいた頃か――いや、母の胎内なら温かくて安心できるはずだから
――そもそもの命が生じるよりも前のこと。

（命が生まれる前？　そんな頃の記憶なんて、あるわけない……）

理性ではそう思うのに、心が「違う」と言っている。

だって、自分は確かに覚えているのだ。

死に瀕《ひん》した瞬間はとても寒くて、とても静かで。

怖くて、不安で、寂しくて——けれどどこかで、「為《な》すべきことを為した」という満足した気持ちもあって。

（何を為したっていうの？　これは本当に私の記憶？）

確かなことはわからない。

ただ、誰かが泣きながら自分の名を呼んでいた気がする。

あまりにも悲痛なその声に、止まったはずの心臓がきりきりと締めつけられるかのようで。

（お願い、そんなに泣かないで……約束するわ、私はきっと——……）

思い出せない誰かに向けて、なんと続けるつもりかわからない言葉をかけようとしたときだった。


「——おい、死ぬな！」

水の膜を隔てた先で、大きな声が響いた。

途端、ユーリアの体は目に見えない力に引っ張られ、ばしゃっ！　と水上に飛び出した。あたかも釣り針に引っかかり、釣り上げられた魚のように。

息ができると気づくなり、ユーリアは激しく咳《せ》き込《こ》んだ。

喉を押さえて水を吐き、泥を吐き、ぜぃぜぃと肩で息をして――ようやく、自分が沼の上に浮かんでいることに気がついた。

「えっ、……ええええっ……!?」

驚きに声をあげ、空中で手足をじたばたさせる。

そんなユーリアを見つめる人物が、沼の畔《ほとり》に佇《たたず》んでいた。

父よりも上の兄よりも背が高く、その長身は黒い外套で覆われている。

外套にはフードがついており、それを深くかぶっているせいで顔立ちは判然としなかった。

かろうじてわかるのは、フードから覗く髪が白に近い銀色であることくらいだ。

ユーリアはごくりと唾を飲み、その人物に問いかけた。

「……あなたが助けてくれたんですか？」

返事はない。

けれど、否定の声や仕種が返るわけでもない。

「もしかして、あなたは【湿地の魔女】さんですか？」

重ねて尋ねたのは、こんな不思議なことが起こるのは、魔法の力に違いないと思ったから。

そして、このあたりで魔法を使える存在といえば、エミリオから聞いた例の魔女しかいないと考えたからだ。

「っ――……」

魔女（推定）が小さく呻《うめ》き、毟《むし》り取るようにフードを剥《は》いだ。

そこから現れたのは、息を呑むほどに端整な美貌だった。

紫の瞳は切れ長で、通った鼻筋と薄い唇が完璧な黄金比で配置されている。

肌の色は透けるように白く、健康状態がやや心配になるほどだ。

ゆるく癖のついた銀髪は、耳と襟足を覆うほどに伸びており、神秘的な雰囲気をより際立たせて見せていた。

「この顔が女に見えるのか？」

尋ねられ、ユーリアは一拍置いて答えた。

「見えなくもないです」

形の良い眉が困惑したように下がり、それから再び吊《つ》り上《あ》がる。

怒らせてしまったのかと、ユーリアは慌てて付け足した。

「ええと、それくらい綺麗《きれい》だなって意味です！　あなたが男の人だってことはちゃんとわかってます」

普通に考えれば、こんなに背の高い女性はまずいない。

色白の細面《ほそおもて》だったから一瞬疑ってしまったが、発せられた声は確かに男性のものだった。

年齢は、二十代の半ばくらいだろうか。王太子である兄よりも年上に見えるが、不貞腐《ふてくさ》れたような表情はどことなく少年じみている。

紫色の瞳はよく見れば赤みがかっていて、食べ頃の葡萄《ぶどう》のようだと思った瞬間、腹の虫がぐーっと鳴いた。

（やだ、絶対聞かれた……！）

ユーリアは真っ赤になってお腹を押さえた。

思い返せば、天幕で昼食代わりのスコーンを摘んだきり、何も食べていなかった。

「す、すみません、はしたなくて。あなたの瞳が葡萄みたいだなって思ったら、つい」

「……葡萄？」

「はい。私、葡萄が大好物なんです。ジャムやジュースもいいですけど、よく熟れた葡萄をそのまま食べるのが、やっぱり一番好きです」

それを聞いた青年は、口元に拳を当てて顔を背けた。

笑いを堪えるような仕種にも見えたが、せわしなく瞬《まばた》きする目は充血し、かすかに潤んでいるようだった。

「もしかして花粉症ですか？」

くしゃみを我慢しているのかと思い、ユーリアは尋ねた。

「私の一番上の姉もそうなんです。花粉症って、春だけじゃなく秋にもひどくなることがありますもんね」

「……違う。大丈夫だ」

青年が両手を差し伸べると、ユーリアの体は彼のほうへと引っ張られる。

腋《わき》の下《した》を抱えられると、重力が戻ってきたのを感じた。地面に下ろされ、ぴょんぴょんと飛び跳ねてみるが、もう一度浮かぶことは叶わなかった。

がっかりするユーリアを、青年は奇妙な生き物を見るように眺め、

「そのままじゃ風邪をひくな」

と指を鳴らすと、濡れた布が肌に張りつく感触が消え去った。

熱源もないのに、ドレスが吸った水分が一瞬で蒸発したのだ。服のみならず髪まで乾いているし、ついでに泥汚れも消えていた。

「すごい……！　あなたはやっぱり魔法が使えるんですね⁉」

ユーリアが目を輝かせると、青年は不承不承のように頷《うなず》いた。

もしかすると子供が苦手なのかもしれないが、風邪をひかないよう気を遣ってくれるあたり、悪い人ではないのだろう。

ユーリアはドレスのスカートを両手で持ち上げ、恭《うやうや》しく頭を下げた。

「申し遅れました。私はユーリア・ラスティス・ルディキアと申します」

「ルディキア？」

訝《いぶか》しそうに繰り返され、ユーリアは「はい」と微笑んだ。

「私の父はこの国の王です。私は五人の子のうちの、一番下の娘です」

「そうか……ルディキアの王女、ユーリア――か」

カイルは噛《か》み締《し》めるように呟《つぶや》いた。

そこらの大人のように、ユーリアの身分を知って畏《かしこ》まる様子もなかった。不敬に感じたわけではなく、そのことがただ意外だった。

「俺はカイルだ。九年前からこの先の屋敷で暮らしている」

淡々とした自己紹介に、ユーリアは首を傾《かし》げた。

「この先のお屋敷？　それこそ、【湿地の魔女】のお家なんじゃ」

「魔女はいない。――もういない。彼女は旅に出て、二度とここには戻らないんだ」

寂しげなその表情に、ユーリアは胸を衝《つ》かれた。

人々の推測どおり、やはり魔女はこの土地を捨てたのだ。

それにしても、その魔女の屋敷でカイルが暮らしているということは。

「カイルさんは、【湿地の魔女】のお友達だったんですか？　それともお弟子さん？」

「どちらかといえば、弟子……だな」

曖昧に答えたのち、カイルは付け加えた。

「俺のことは呼び捨てでいい。そのかわり、俺も君に敬語は使わない。悪いが、王族に通用するような丁寧な話し方ってものを知らないんだ」

「わかりました。私のほうは、これが地ですからお気遣いなく」

ユーリアはすんなりと受け入れた。

家族以外の誰かにこんなふうに気安く話しかけてもらえるのは、歳の離れた友人ができたようで胸が躍《おど》った。

「それで、ユーリア。王女の君がどうしてこんな場所に?」

「……あ、そうでした! 兄が蛇に噛まれて、助けを呼びに行くところだったんです」

早口に事情を説明すると、カイルの表情が険しくなった。

「それはどんな蛇だった?」

「黒とオレンジの斑《まだら》模様で、頭が大きかったです」

「厄介な毒を持つ蛇だな。すぐに向かうぞ」

「でも、もう場所がわからなくて――……ひゃっ!」

悲鳴をあげたのは、カイルに抱き上げられたと同時に、体が再び宙に浮いたからだ。

そのまままみるみる上昇し、湿原全体を見渡せる高みにまで到達する。

すでに空は群青色に暮れ、遠くに連なる天幕の周囲では、松明《たいまつ》の灯《あか》りが右往左往していた。

きっと、いなくなった自分たちを探してくれているのだ。

迷惑をかけた申し訳なさに胸が詰まり、吹きつける風に身を震わせたユーリアを、カイルは自身の外套で包《くる》むように抱き込んだ。

彼が外套の下に着ていたのは、細身の体に沿ったシャツとズボンだった。シャツに鼻先が擦れると、洗剤とも香水とも違う森林のような匂いがして、胸がどぎまぎした。

「あ……ありがとうございます……」

風から庇《かば》ってもらった礼を言ったが、カイルはユーリアを見ていなかった。

エミリオの所在を探っているのか、両目を眇《すが》めて下界を見はるかす横顔は、高次元の神のように近寄りがたくも美しかった。

「――見つけた」

小さく呟いたカイルが、獲物を狙う鷲《わし》のように急降下した。

あまりの速度に目を回しかけたが、その一方でユーリアはカイルを信じていた。

初対面にもかかわらず、彼に任せていれば何も心配ないという不思議な確信を抱《いだ》いていた。

気づけば降下が止まり、目の前の地面には倒れた兄がいて、ぽかんと口を開けていた。

「……ユーリア？」

「エミリオ兄様！」

ユーリアはカイルの腕から飛び降り、兄のもとへ走った。

エミリオの顔色はさっきよりも悪かったが、まだ意識があることにほっとした。

「お前、今、空から――……って、そいつは誰だよ⁉」

エミリオは威嚇するようにカイルを睨《にら》んだ。大事な妹を抱いて舞い下りてきた謎の男を警戒するのは当然だ。

「こちらはカイル。沼に落ちた私を助けてくれたんです」

我が身を誇るように、ユーリアは胸を張って言った。

「この人がいればもう大丈夫。カイルは万能の魔法使いなんですから！」

◆◆◆

ここでユーリアの父であり、ルディキアの国王でもあるオーランドの話をしよう。

二十代半ばで王位についたオーランドは、即位と同時に隣国ロタスの王女を娶《めと》り、二男三女の子宝に恵まれた。

ルディキアもロタスも共に小国だが、外海に面した貿易港を持つルディキアと、陸路の中継地であるロタスとは、古来より手を取り合って発展してきた歴史がある。

君主としては若輩ながら、オーランドは内政も外政もそつなくこなした。

彼自身は常ににこにこした笑みを浮かべており、決して強引な人物には見えないのだが、王妃であるアミア曰《いわ》く、

「あの人はとにかく外堀を埋めるのが上手なの。無邪気で愛想よく見えるけど、あれで相当に策士なのよ。使えるものはなんでも使うし、好きな言葉は『一挙両得《いっきょりょうとく》』だそうだ。

とはいえユーリアにとっての父は、政務の合間を縫って遠駆けに連れていってくれ、人形遊びにも付き合ってくれた、子煩悩な父親という印象しかない。

母の言葉を本当の意味で理解したのは、湿原で迷子になった八歳の秋から、ちょうど十年後のことだった。

「お父様。今日は月初めの日ですから、またカイルとお会いになるんでしょう?」

「そうだよ、ユーリア。知ってのとおり、お父様とカイルは仲良しだからね」

年頃になったユーリアが父の部屋を訪ねると、お茶の用意が調《ととの》ったテーブルを前に、オーランドはやっぱりにこにこしていた。

じきに六十歳を迎える父は体全体がふくよかになり、ぱつぱつと張った頬の血色は良好で、ちょうど食べ頃の林檎《りんご》のようだ。

——と。

「誰が『仲良し』だ」

ふいに空気が揺らいだと思ったら、魔法で瞬間移動してきたカイルが、腕と脚を組んで父の対面に座っていた。

不遜な態度に、昼寝を邪魔された猫のように不機嫌な表情。オーランドはまったく気にせず、歓迎するように両手を広げた。

「いらっしゃい、待ってたよ」

「こんにちは、カイル。私も一緒にお茶をいただいていいですか?」

尋ねると、カイルはちらりとユーリアを見た。

「いつものことだろう。好きにしろ」

素っ気ない口調に反し、ユーリアを見つめる視線は柔らかい。

カイルが不機嫌な猫だとすれば、ユーリアは常にぶんぶんと尻尾を振っている小型犬のようなものだ。

同性のオーランドに懐かれても気色が悪いが、子供の頃から知っているユーリアにはそれなりの情が湧いているらしい。

「ありがとうございます。お茶は私が淹《い》れますね」

ユーリアは父の隣に座り、茶器に手を伸ばした。紅茶はやや濃い目に淹れるのがカイルの好みだということは、もうとっくに知っていた。

何せ、カイルは国王の「相談役」として、月初めに必ず王宮にやってくる。

そのたびにユーリアも同席するのが決まりごとのようになっている。

そもそもの始まりは十一年前――毒蛇に噛まれたエミリオが、カイルの魔法で助けられた出来事がきっかけだ。

あの日、生まれて初めて魔法使いを目にしたエミリオは、いたく感動していた。

『どれだけ食べてもなくならない、無限カスタードプディングの大皿を出せる?』

という質問は黙殺されたが、ああ見えて面倒見のいいカイルは再び空を飛び、二人を天幕まで送り届けてくれたのだ。

両親は大いに感謝し、帰ろうとするカイルを滞在中の宿に招いて歓待した。

宿の人間に頼んで運ばせたのは、とびきりの美酒や美食に、子供たちが喜ぶ大量のお菓子。

お小言を食らったエミリオとユーリアも、他の三人の兄姉《きょうだい》もカイルを囲んで、気の置けない宴会を楽しんだ。

子供たちはカイルをカードゲームに誘い、

『チェスならわかるが……これはルールを知らない』

と困惑する彼に、

『じゃあ最初は、僕と組んでやるといいですよ』

『この札には、右隣の人と自分の得点を入れ替えられる効果があるの』

と我先に説明した。

人懐っこい彼らに流されて、カイルもいつしか真剣にゲームに興じていた。

やがて子供たちが眠気に負けて、寝台や寝椅子《カウチ》の上でうとうとと眠り出した頃。

オーランドとカイルは、アミアにお酌をされながら酒を酌み交わしていた。

『どうだい、カイル。うちの子供たちは皆、いい子で可愛《かわい》らしいだろう?』

『臆面もない我が子自慢だな』

『ごめんなさい。この人ったら親馬鹿で』

呆《あき》れるカイルに向けて、アミアが肩をすくめて苦笑する。

そんな会話を、ユーリアは狸《たぬき》寝入りしながら聞いていた。

横長のソファに座ったカイルの膝の上で、だ。

最後まで頑張って起きていようとしたものの、とうとう眠気に抗《あらが》えなくなったときには、兄や姉たちに場所を奪われていた。続き間には三姉妹のための寝台が並んでいるが、一人で眠るのはやはり怖い。

仕方なく、暖炉前のラグの上で丸くなっていたユーリアを、

『そんな場所にいたら灰が飛ぶぞ』

とカイルが抱き上げ、膝枕をしてくれてしまった。

彼にとっては何気ない行為だろうが、こうなるともう眠るどころではなかった。寝たふりを続けながらも、心臓のどきどきが伝わらないかと気が気ではない。

カイルに助けられてからの数時間で、ユーリアはすっかり彼に心を奪われていたからだ。

冷たいようでいて優しくて、綺麗な顔をしているのに本人は無頓着そうで——……しかし、

ユーリアを何よりも惹《ひ》きつけたのは、カイルが纏《まと》っているどこか寂しげな気配だった。

彼の態度は一見尊大だが、それはただ、人と接することに慣れていないだけのように思えた。

たとえばさっきのカードゲームは、老若男女に広まっているポピュラーなものだ。それを遊んだことがないというカイルに驚いたが、深く追及することはしなかった。

『ルールを知らない』

というぶっきらぼうな言葉に、周囲と違う己を恥じるような気配を感じたからだ。

(この人のことをもっと知りたい……困っていることがあるなら、私が助けになってあげたいの)

ほんの八歳だからと侮《あなど》るなかれ。

ユーリアの中にはすでに、年上の異性に抱く憧れとともに、カイルを守りたいという母性本能が芽生えていた。

その気持ちを恋ではないと、誰が言えるだろうか。

『贔屓《ひいき》するつもりはないが、末っ子のせいか、ユーリアは特に可愛くてね』

オーランドの我が子自慢はなおも続いた。

『この歳にしては勉強もできるほうだし、使用人たちとも仲がいい。素直で天真爛漫《てんしんらんまん》で、誰にでも愛される子なんだよ』

『……そうだろうな』

カイルの視線が注がれるのを感じ、ユーリアは緊張した。

『初対面の俺にも物怖《ものお》じしないで、好きな果物は葡萄だなんてことまでぺらぺら話してきた。少しは警戒心ってものを覚えたほうがいいんじゃないか』

『いやぁ、ユーリアはこれで案外、人を見る目はあるからね』

オーランドは得意げに言った。

『ついこの間、王宮に出入りする宝石商の中に、まがい物のダイヤを売りつけようとする不届き者がいてね。騙《だま》されて買おうとしたアミアを、止めたのはユーリアなんだ。なんだか嫌な予感がするから、って』

『そうなんです』

とアミアも相槌《あいづち》を打った。

『第六感っていうのか、この子はときどき妙に鋭くて。結局そのときは買わなかったんですけど、あとからその人が詐欺師だったとわかって、すごくびっくりしたんです』

『だからね、カイル。ユーリアが心を開いたってことは、君もいい魔法使いなんだよ』

目を閉じていたから見えないが、ユーリアには微笑む父の姿が想像できた。

民や臣下のみならず、場合によっては政敵ですら虜《とりこ》にする人たらしの笑顔だ。

『これも何かの縁だ。この先もときどき王宮《うち》に遊びにきてくれないか？　魔法使いの友達ができるなんて、人生には面白いことがあるもんだなぁ！』

勝手に友達認定され、思うことは山ほどあっただろうが、カイルは反論しなかった。

ふと、頭に柔らかな重みを感じる。

カイルがユーリアの髪に触れ、何を思ったのか、ぎこちなく撫でたのだ。

心臓がどきどきを通り越してばくばくし、この機会を逃《のが》してはならじと、ユーリアは勢いよく起き上がった。

途端、脳天に予想外の衝撃を感じる。

『っ……――』

『ご、ごめんなさい！』

顎を押さえて呻くカイルに、ユーリアは慌てて謝った。

頭突きというのは、したほうよりもされたほうが確実に痛い。まして、急所のひとつである顎ならなおさらだ。

『まぁ、起きていたの？　ユーリア』

驚いているのは母だけで、父はにやにやしている。おそらく彼は、娘が聞き耳を立てていたことを最初から知っていたのだ。

『寝たふりをしていてごめんなさい。大人のお話に割り込むことを許してください』

両親に断って、ユーリアはカイルに向き直った。

『私からもお願いします。私もカイルにまた会いたいです。一緒にもっといろんなゲームをしましょう？　カイルの好物はなんですか？　さっきはアーモンド入りのショコラを召し上がってましたけど、特にお好きなんですか？　なんでも用意して待っていますから、また私に――……私たちに、会いにいらして？』

一気に言い切ってから、大胆すぎたかと頬が熱くなる。

それでも伝えずにはいられなかった。「私に」ではなく「私たちに」と言い直したのは、かろうじて理性が仕事をしてくれたからだ。

『ユーリアったら、本当にカイルさんのことが好きなのねぇ』

同性だというのに母は鈍い。まさかこの瞬間、末娘が初恋に目覚めたとは思ってもいない呑《のん》気《き》さだ。

当のカイルは、戸惑ったように瞬きを繰り返すばかり。

そんなふうに煮え切らない人物を丸め込むのは、父の得意技だった。

『よし、決まった！　こっちも準備があるから、毎回、月初めに来てもらうってことでどうかな。その頃は忙しい？』

『忙しいも何も、俺は働いているわけじゃ……』

『えっ、無職？　君って何歳《いくつ》？』

『……二十五歳だ』

『いい歳の若者がそれじゃ駄目だよ。だったら君に仕事をあげよう。この先、魔法の力を貸してもらいたいことがあるかもしれないし、私の相談役になってくれないかな？　勤務は月一として、報酬は――』

オーランドが告げた数字に、カイルは目を丸くした。ちょうど、偽ダイヤを売りつけようとした詐欺師が、母にふっかけたのと同じくらいの額だった。

こうして、なし崩しに雇われたカイルは、定期的に王宮を訪れるようになった。

相談役といっても、ほとんどユーリアを交えて茶飲み話をするだけだったが、ごくたまにオーランドが、

『最近は雨が降らなくて、田畑が干上がっちゃいそうなんだよね』

『今年の流感は性質が悪くて、子供やお年寄りがたくさん犠牲になるかもしれない』

などと溜息《ためいき》をつくだけで、それらの問題は半月もたたずに解決しているのだった。

干ばつや疫病といった人智《じんち》の及ばない脅威にも、魔法使いなら自然の理《ことわり》を捻《ね》じ曲げて対抗できる。

どの国も喉から手が出るほど欲しがる存在を、国家予算規模からすれば子供の小遣いのような金額で、オーランドはちゃっかり囲い込んでいるわけだ。

（お父様ったら意外と阿漕《あこぎ》――というより、カイルがお人好《ひとよ》しすぎるのかしら？）

『人はね。周囲に必要とされてこそ生きていけるんだよ』

疑問を覚えるユーリアに、父は言った。

『カイルには家族もいないみたいだし、孤独に過ごしてきた時間が長かったと思うんだ。他人のために何かをして感謝されたい。自分の存在に価値があると思いたい――そういう居場所を、カイルも無意識では求めてたんじゃないかな』

父の言葉は確かに一理あるのだろう。

だが、ユーリアは微妙に納得しきれていなかった。

（本当に、カイルは居場所が欲しいだけなの？）

彼が魔法を使うのは、父や民のためではなく、まして報酬目当てでもない――カイル自身が口にしたわけではなかったが、ユーリアはそう感じていた。

カイルの視線は常にここではないどこかに向いていて、帰り道を忘れた子供のように、途方に暮れて見える瞬間があった。

――いつか知りたい、とユーリアは思う。

紅茶や食の好みといった、表面的なことだけではなくて。

カイルはどこで生まれて、どんなふうに育ったのか。

いつから湿原で暮らしているのか。

何をしていても寂しそうなのは何故《なぜ》なのか。

自分のことは頑《かたく》なに語らない彼の口から、話してもらえる日がくればいいのに――と。

『やっぱり歳が離れすぎてると、友人にもなれないんでしょうか』

つい先日、ユーリアは父の前で呟いた。

『付き合いは長いのに、カイルはいまだに心を開いてくれてない気がして……』

『ユーリアは友人どまりでいいのかい？』

尋ねる父の声は、珍しく真面目だった。

飄々《ひょうひょう》としつつも聡《さと》い彼は、娘の気持ちなどとっくにお見通しなのだ。

『それは嫌です』

だからユーリアも正直に答えた。

『ご存じでしょうけど、私はカイルが好きです。初めて出会った子供の頃から、ずっと彼のことが好きでした』

『そうだろうね』

よく言えたね、というように笑いかけられ、ユーリアは俯《うつむ》いた。

『ですけど……王女としての務めは理解しているつもりです』

上の姉は国内の有力貴族と、二番目の姉は近隣国の王子と、それぞれ婚姻を結んだ。十八歳となった自分が誰かに嫁ぐ日も、そう遠くはないだろう。

『添い遂げる相手を選べる立場でないことは、重々弁《わきま》えています。お父様もお母様も、私をできる限り自由に育ててくださいました。それだけで私は充分ですから』

愛娘《まなむすめ》の肩を、父は柔らかく叩《たた》いた。

『ユーリアの気持ちはわかったよ。話してくれてありがとう』

――それから今日まで、およそ半月が過ぎた。

その間、父と母が夜中まで話し合っていたり、大勢の臣下が父の執務室に出入りしたりと、何かを根回ししている気配があった。

その雰囲気が姉たちのときと同じだったから、ユーリアは予感した。いよいよ自分の結婚相手が選ばれようとしているのだと。

無邪気な少女時代には、あと少しで別れを告げねばならない。

もしかすると、カイルとお茶を飲めるのは次が最後になるかもしれない。

今日のユーリアはそんな思いで、この場に臨んでいた。紅茶を淹れる手つきも、いつもより丁寧になるというものだ。

「今日は折り入って話があるんだ」

それぞれの前にティーカップが行き渡ると、父はおもむろに切り出した。

カイルの目を見つめ、穏やかに笑って。

前置きの割には気負いのない、のほほんとした口ぶりで。

「カイル、君さぁ。うちのユーリアをお嫁にもらってやってくれないかい?」

ありえない音をユーリアは聞いた。

カップに唇をつけていたカイルが、口に含んだ紅茶を「ぶふっ……！」と噴き出したのだ。

「だ、大丈夫ですか⁉」

紅茶が気管に入ったのか、咳き込むカイルのそばに回り込み、濡れた胸元をハンカチで拭いてやる。

「……悪い」

ばつが悪そうに謝るカイルと、至近距離で目が合った。

瞬時に頬が熱くなり、ぱっと顔を背けてしまう。

今年で三十五歳になるカイルだが、その美貌は出会ったときから微塵も損なわれていなかった。青臭さが抜けて年齢相応の落ち着きが増した分、より魅力的になるばかりだ。

（私がこの人の、お……お嫁に？　お父様ったら、何をふざけて……）

「何をふざけてるんだ、オーランド」

同じことを思ったのか、カイルが父を睨んだ。

「見てのとおり、俺は育ちも悪ければ学もない。ユーリアとの歳の差は十七もある。そんな男に大事な娘をやろうだなんて、冗談にしても性質が悪い」

「さすがに私だって、冗談でこんなことは言わないよ。そりゃ育ちも学も兼ね備えてて、年齢的にもユーリアと釣り合う男はいるよ？　だけど、彼らは肝心の条件を満たしてないんだから仕方ないじゃないか」

「条件？」

「ユーリアが心から好きになれる相手かどうかってことさ」

「お父様……！」

ユーリアは真っ赤な顔で父を振り返った。

当人の同意もなく恋心を暴露してしまうなんて、無神経にもほどがある。

「どうして勝手にそんな話……私だって、怒るときは怒りますよ！」

「あれ？　ごめん。九歳のとき、カイルと王宮の庭を散歩しながら、『いつか私と結婚してくださいね』ってお願いしてたから、とっくに告白済みなんだと思ってた」

「い……言いましたけど！　そんなの大昔の話じゃないですか！」

まだろくな分別もなかった子供だから言えたことだ。

ちなみに当時のカイルの反応は、「秘儀・聞き流す」だった。

「それはできない」と拒絶しないのは彼の優しさだし、嘘でも「わかった」と頷かないのは誠実さの表れだったと思う。

「じゃあ、その頃からカイルへの気持ちは変わったかい？」

何食わぬ顔で尋ねられ、ずるい……とユーリアは歯噛《はが》みした。嘘をつくのは苦手だから、しれっと否定することもできない。

「この間、ユーリアは言ったよね。『王女としての務めは理解しているつもりです』って。確かに、王族の結婚は国益のためにするものだ。だったらこの際、誰よりも利のある相手に嫁いだっていいじゃないか」

「利？」

「そう、利。損得でいうところの得。考えてもみなよ。この先、ルディキアがどこかの国と戦争するなんてことになったら？　そのとき身内にカイルがいれば、むやみな争いは避けられる。うちには世紀の大魔法使いがついてるんだぞー！　って、彼の魔力を盾にしてね」

「待て。さすがに俺も、他国の軍隊相手にどうこうなんてことは……」

口を挟むカイルを、オーランドは片手を上げて黙らせた。

「実際に攻撃しなくても、はったりを噛ませる材料があるだけで充分ってことだよ。それに、もし本当に戦闘状態になった場合、国全体はともかく、ユーリア一人を守り切るくらいはできるだろう？　父親としてはそれだけで安心なんだ。たとえ敵将にこの首をとられても、ユーリアが無事だって信じられれば、笑って死んでいけるよ」

「お父様……」

親心に目が潤みかけたところで、ユーリアははたと我に返った。

「でもそれは、お父様だけの都合でしょう？　ずっと好きだった人と結婚できれば嬉《うれ》しいのも、単に私の都合です。損得でいうのなら、それこそカイルにはなんの得もありません」

カイルがぎょっとしたように目を剥《む》いた。

勢いに任せて「好きだった」と認めてしまっていることに、ユーリア自身は気づいていない。

「それだけどね。カイルには叙爵《じょしゃく》して、ウェルズリー公爵を名乗ってもらおうかと思って」

「——は？」

自分を除《の》け者《もの》にして進む話に、カイルが声をあげた。

「やっぱり王女を娶る以上は、それなりの身分が必要かなって。ちょうど先月、ウェルズリー公爵が九十六歳で亡くなったんだけど、あそこは跡取りがいなくてね。公爵の養子になって爵位を継いだって書類さえ作れば、あっという間に貴族の仲間入りだ。領地運営に関しては、優秀な助言役をつけるから心配しなくていいよ。地位も名誉もカイルは興味なさそうだけど、ここはひとつ、持参金だと思って受け取ってくれないかな？」

「俺が……貴族？　しかも公爵……？」

カイルは片手で顔を覆い、何やらぶつぶつと呟いた。

紅茶を噴き出したことといい、今日の彼は珍しく反応《リアクション》が大きい。それだけ突拍子もないことを言われているのだから無理もない。

「でも、そんなのはおまけでさ。一番の『得』はやっぱり、君のことを愛してるユーリアと結婚できるってことだよ」

オーランドの視線を追いかけ、カイルがユーリアを見た。

葡萄色《ぶどういろ》の瞳に見つめられて、ユーリアはたじろぐ。空気が異様に薄くなった気がして、無意味に口をぱくぱくさせてしまう。

「ユーリア自身はどうしたい？」

オーランドは娘に問いかけた。

「外堀を埋めるだけは埋めてあげたよ。だけど、大事なのはユーリアの気持ちだ。最後は自分で伝えなさい。ユーリアはカイルとどうなりたい？」

「私……私は……」

ユーリアが意を決するよりも、カイルが口にするほうが早かった。

「無理だ。俺なんかがユーリアを幸せにできるとは思えない」

突き放すような口調に胸が潰れる。

言葉を選んではいるが、端的に言えば、これは振られたということだ。

カイルにとって、自分は魅力的ではない。子供の頃を知っているからこそ、女性としては見られないのかもしれない。

だが、何故だろう。

落ち込む端から、それでも諦めたくないという気持ちがめらめらと湧いてくるのは。

（今引き下がったら、カイルとの縁はこれきりになる。やっと出会えたっていうのに、そんなこと……――）

ここが人生の勝負どころだ。

悟ったユーリアは、自分でも思いもしなかった行動に出た。

「あなたに幸せにしてもらおうだなんて思っていません」

行儀が悪いと承知の上で、ソファに片膝をついて乗り上がる。

カイルの逃げ場をなくすように、彼の肩を両手で摑んで告げた。

「私がカイルを幸せにしたいんです。私と結婚したらお得だったと、絶対に思わせてみせます。ですから、どうか私をお嫁さんにしてください。それとも、他に想う女性がいらっしゃるの？」

自分よりふた回り近くも年下の少女に、カイルは完全に呑まれていた。

矢継ぎ早に言い放ったユーリアを見上げ、呆然と呟く。

「想う相手は……今は、いない……」

「でしたら結婚しましょう」

反論の隙を与えず、ユーリアは告げた。

心臓は壊れそうに暴れていたが、表情筋を総動員してにっこりと笑ってみせた。

「なんなら、お試し婚でも構いません。しばらく一緒に暮らして、私があなたの伴侶にふさわしいかを見極めてください。それなら文句はないでしょう？」

またしても、ユーリアは気づいていなかった。

有無を言わさず相手を丸め込むその笑顔が、すぐそこでくつくつと肩を揺らしている、人たらしな父親にそっくりであることに。

第二章　前途多難なお試し婚

――お試し婚。

勢い任せに提案された結婚生活は、あれからひと月後、カイルの屋敷にユーリアが押しかけてくるところから始まった。

「こんにちは、カイル！　ユーリアです！　あなたと結婚しにまいりました――――！」

噂《うわさ》に聞いていたとおり、茨に閉ざされた門の前で、ユーリアは声を張り上げた。

時刻は夕刻。湿気で体が冷えないように、襟と袖に毛皮があしらわれた外套を羽織り、荷物を詰めたトランクを提げている。

ぬかるむ湿原を歩くことはわかっていたので、ドレスの丈は短めで、膝下までが覆われるブーツを履いていた。

(今日から私は、カイルとここで暮らすんだわ)

初めて目にするカイルの住まいは、湿原を見下ろす丘陵の頂に建っていた。

規模感としては、それなりの地位にある貴族の別荘といったところだろうか。

屋根は傾斜のない陸屋根《ろくやね》で、煉瓦《れんが》積みの外壁は苔《こけ》むしている。一階と二階のどちらにもアーチ型の窓が並んでいるが、そのほとんどが鎧戸《よろいど》を閉じていた。

「もしもーし⁉　門を開けていただけますか――――⁉」

「聞こえているからそう喚《わめ》くな」

びゅうっと強い風が吹き抜けたと思ったら、門の内側にカイルが立っていた。すっかりお馴染みになった瞬間移動だ。

ユーリアの出《い》で立《た》ちを眺め、カイルは眉をひそめた。

「……本当に来たのか」

お世辞にも歓迎されているとは言い難《がた》かったが、これくらいで怯《ひる》んでいては、押しかけ花嫁などやっていられない。

「遅くなってすみません。この一ヶ月、みっちり花嫁修業をしていたんです」

「花嫁修業？」

「はい。お料理とお掃除とお洗濯をひととおり。王宮で働く使用人の皆さんから、びしばし鍛えていただきました」

そうはいっても、基礎の基礎から仕込まれたというわけではない。

ユーリアは子供の頃から使用人たちの仕事を見るのが好きで、機会があれば手伝わせてもらっていた。

父も母もそのあたりは寛容で、肝心の使用人たちも、

『王女様といえど、手を出す以上は半端なことをしないでください。邪魔になるなら、二度と手伝っていただかなくて結構ですから』

と遠慮会釈なく接してくれた。

そんな彼らだったから、

『ユーリア様がお嫁入りを⁉』

『顔はいいけど不愛想な、あの魔法使いとご結婚を⁉』

『本当に大丈夫なんですか⁉』

と大騒ぎしながらも花嫁修業に協力し、

『何かあったらいつでも戻ってきてくださいね』

『ユーリア様を悲しませたら、私たちがカイル様をぶちのめしてやりますからね！』

と涙ながらに送り出してくれたのだった。

「ここまではどうやって来たんだ」

「近くの町の方に案内していただきました」

十年前、渡り鳥を観測するために逗留した町の宿。そこの主人を頼り、ここまでの道を知る案内人をつけてもらった。

ついでに週に一度、町から食糧を運んでもらう手はずも整えた。カイルは魔法でどこにでも

飛んでいけるが、ユーリア自身が買い物に出かけ、荷物を抱えて帰るのは大仕事だからだ。

「なぁ、ユーリア。考え直せ」

聞き分けのない子供に対するように、カイルは言った。

「何を好き好んで、俺なんかと一緒になろうとするんだ。あと五年もすれば四十歳になる、立派な中年なんだぞ」

「そんなカイルをこそ好き好んでいるからですが?」

直球《ストレート》な告白に、カイルが言葉に詰まる。

たじろぐ様子がおかしくて、ユーリアはくすくすと笑った。

「冷たいようでお人好しなところも、不愛想なんじゃなく不器用なところも、いい大人なのに私みたいな小娘にやり込められるところも可愛いです。そもそも、今日来ることは事前にお伝えしてましたよね。私が求婚したときだって、異論もなく黙ってお帰りになったじゃありませんか」

「一ヶ月もあれば頭も冷えるだろうと思ったからだ」

「あいにく、いまだに沸騰中ですね」

「沸いてるのか……」

「はい、あなたの妻になれる嬉しさでふつふつと。ですから早く門を開けてください」

ここまで言っても、カイルはまだ迷っているようだった。

ユーリアは溜息をつき、地面にトランクを置いた。こうなったら実力行使だと、門の柵を掴んで揺さぶる。

そこにみっしりと絡みついた棘《とげ》だらけの茨《いばら》ごと。

「っ——やめろ！」

痛みに顔をしかめるユーリアに、カイルが叫んだ。

瞬間、茨が生き物のようにうねってしゅるしゅると解けた。戒めをなくした門が独りでに開き、互いを隔てる障壁がなくなる。

「やっぱり、この茨は魔法で生やしていたんですね？」

「いいから見せろ！」

呑気に尋ねるユーリアの腕をカイルが掴んだ。

鋭い棘に引き裂かれた傷は、彼の手で撫でられるとあっと言う間に再生し、元の滑らかさを取り戻した。

「わぁ、すごい……！」

痛みの消えた掌を、ユーリアは目の前にかざした。カイルに魔法をかけてもらったことは何度かあるが、毎回新鮮に感動してしまう。

「そんな術は初歩の初歩だ」

「そうなんですか？」

「傷が浅かったから治せただけだ。命にかかわるような怪我を負ったら、魔法が使えたところでどうにもならない。それこそ、禁術にでも手を出さないと――」

「禁術?」

尋ねると、カイルはふっと口を噤《つぐ》んだ。

いつもより彼の顔色が悪い気がして、ユーリアは首を傾げた。もしかすると、血を見るのが苦手だったのだろうか。

「約束しろ。……今みたいに、自分を傷つける真似は二度とするな」

「わかりました。ごめんなさい」

ユーリアは素直に謝った。

口調は厳しいが、彼が自分を心配してくれているということは、十年も付き合っていればさすがにわかった。

「約束しますから、中に入れていただけますか? 一日も経《た》たずに出戻ったら、さすがに外聞が悪いので」

カイルは根負けしたように溜息をついた。

その一方で、「だが」と釘《くぎ》を刺すことも忘れなかった。

「君が期待するようなことには絶対にならない。諦めがついたらとっとと帰れよ」

「……男性の心を掴むには、まず胃袋からって言うけど」

厨房《ちゅうぼう》に立ったユーリアは、腰に手を当てて独りごちた。

「まさか、ここまで何もさせてもらえないなんて思わなかったわ……」

料理人が十人でも立ち働けそうな広い空間には、鍋釜やオーブンはもちろん、充分な食材と調味料も揃《そろ》っている。

今から一週間前――屋敷に着いた日に初めて足を踏み入れたときには、なんて使いやすそうな厨房だろうと感動した。

さっそく張り切って調理にかかろうとしたのだが、

『君の手を煩わせるつもりはない』

カイルがぱちんと指を弾くと、野菜カゴからニンジンとタマネギとトマトが飛び出し、まな板の上に整列した。驚くユーリアの目の前で、宙に浮いた包丁がするすると野菜の皮を剥き、一口大に切り分けていく。

鍋の置かれた竈《かまど》には、いつの間にか火が入っていた。

下ごしらえの終わった野菜が見えない手で炒《いた》められたあと、甕《かめ》から水が注がれ、塩胡椒《しおこしょう》の瓶が中身をぱっぱと振りかける。

ほどよい具合まで煮込まれたのち、最後には塩漬け肉が加わって、何もしなくても料理が完成してしまった。

さすが魔法使いだと感心する一方で。

『美味《おい》しそうですけど……えーと、私の出番は……』

『君は何もしなくていい』

『でも、カイルには私の手料理を食べてほしいんです』

『本当に何もするんじゃない。火も刃物も危ないからな』

食事の支度だけでなく、一事が万事この調子なのだった。

洗濯をしようと井戸から水を汲《く》めば、

『手が荒れる』

掃除をしようとハタキを持てば、

『埃《ほこり》を吸うと体に悪い』

過保護にもほどがあると申し立てれば、

『文句があるならいつでも出て行って構わない』

実際、ユーリアを追い出すことなどカイルには造作もないのだ。瞬間移動の魔法で、強制的に王宮に送り返してしまえばいい。

そうはされないだけ優しいとも言えるが、せっかくの花嫁修業の成果は何も生かされていなかった。

「……結局、お茶を淹れるくらいしか許してもらえないのよね」

溜息をつきながら、ティーポットに茶葉を入れてお湯を注ぐ。

カップやソーサーをトレイに乗せて、ユーリアは廊下に出た。目指すのは一階の奥にある、屋敷で最も広い部屋だ。

コンコンと扉をノックして、中にいるはずのカイルに呼びかける。

「私です。入ってもいいですか?」

返事の代わりに、魔法のかかった扉が自動的に開かれた。

中に入ると、癖のある香りがつんと鼻をついた。油彩に使う油絵具と、その濃度を調節するテレピン油の匂いだ。

部屋の中央にはカンバスの立てかけられたイーゼルが置かれ、シャツの袖をまくったカイルが絵筆を手にしていた。

傍らの台に竜胆《りんどう》の鉢植えを置き、花弁と同じ色を作るべく、パレットの上で絵具を混ぜ合わせている。

「もう三時ですよ。そろそろ休憩にしませんか?」

「あと少しだけ待ってくれ」

どうやら手の離せないところらしく、一瞥《いちべつ》もせずにカイルは言った。

部屋の隅のテーブルにトレイを置いて、ユーリアはおとなしく待つことにした。

椅子に座りながら周囲を見回し、改めて感嘆の息をつく。

（カイルにこんな趣味があるなんて、一緒に暮らすまで知らなかったわ）

午後になると、カイルはこのアトリエにこもって絵を描いているのが常だった。

四方の壁には、これまでに完成させた作品が無造作に立てかけられており、そのどれもが本職《プロ》顔負けの腕前だ。

枝の上で羽根を休める小鳥は今にも囀《さえず》り出しそうに愛らしく、日の差さない沼地の風景は背筋が寒くなるほどに不気味だった。

以前のカイルは無職を自称していたが、お金が必要なときは描いた作品を売っていたらしい。

彼の絵のファンだという画商がいて、そこそこの値をつけてくれるということだった。

それにしても、こんなにたくさんの絵があるのに、人物画は一枚もない。

単純にカイルの周囲に人がいなかったからかもしれないが、今は事情が違う。

（そのうち、私の絵を描いてくれたりしないかしら？）

絵のモデルになれば、カイルと長い時間を一緒に過ごせる。

二人きりの空間で、あの葡萄色の瞳に映り込むのは自分だけになる――……。

「何を一人でにやにやしてる？」

「うぴゃうっ⁉」

ユーリアは椅子の上で飛びあがった。

きりのいいところまで描き終えたのか、怪訝《けげん》な顔のカイルが向かいに座るところだった。

「うぴゃうって……どういう声で鳴く生き物だ」

「鳴いてません、不意打ちにびっくりしたんです！」

「どうせ妙なことでも考えていたんだろう」

「カイルが私の絵を描いてくれたらいいのになって思ってました」

白状すると、カイルは虚を衝かれたように瞬きした。

「俺が、君の絵を？　……駄目だ」

「どうしてですか？」

「俺の絵はただの暇つぶし。自己流の手慰みだ。肖像画を残すなら、王宮お抱えの画家がいくらでもいるだろう」

「私はカイルに描いてもらいたいんです」

カイルの新たな一面が知れたことが、ただ嬉しかった。

絵の巧拙など関係なく、カイルと特別な時間を共有したいだけなのだ。

「だって、同じ家に暮らしてるっていうのに、カイルは素っ気なさすぎるんですもの」

食事の時間こそ同じテーブルを囲むものの、ユーリアが一方的に話すだけで、カイルは聞き役に徹している。

午前中は書庫に、午後はアトリエに、夜は早々と自室にこもられてしまうし、家事をすることも禁じられたユーリアは時間を持て余していた。

刺繍《ししゅう》や編み物で暇を潰すにも限界があるし、カイル好みのお茶を淹れる手際ばかりがどんどん良くなっていく。

そのスキルを駆使して紅茶を注ぎつつ、ユーリアは不満を訴えた。

「お試し婚って言ったけど、これじゃ『婚』にもなってません。ただの同居です」

「世の中にはそういう夫婦もいるだろう。倦怠期《けんたいき》の」

「どうして最初から倦怠してなきゃいけないんですか。カイルったら、できるだけ私を避けようとしてるでしょう」

「別にそんなことは」

「じゃあ、どうして寝室が別々なんです？」

率直な疑問をぶつけると、カイルはぎょっとして手にしたカップを下ろした。

「……俺がまだ茶を飲んでいなくてよかったな」

「また噴き出すところでした？　それでもよかったですよ。着替えを手伝うって名目で、カイルの服を脱がせられますもの」

「君は、淑《しと》やかな深窓の姫君だと思っていたんだが……」

「淑やかでも深窓でも、しかるべき時期になれば閨房《けいぼう》教育が行われるんです。王族にとって、子孫を残すことは大切な務めのひとつですから」

ユーリアの場合は、初めて月のものを見たときに、ハンナという年上の侍女からひととおりのことを教わった。

男女がいかにして子供を作るかを知ったときは、そんな痛そうなことを？　と怖くなったが、ハンナは優しく諭してくれた。

『好きな人との営みは心地よくて素晴らしいものですから、心配いりません。ユーリア様が心から愛せる殿方と、そのときを迎えられるように祈っています』――と。

それをきっかけに、ユーリアは改めてカイルを意識するようになった。

話を聞くだけでも痛そうで怖そうで恥ずかしい――けれど、相手によっては心地よく、素晴らしいものになるという行為。

そんなことをできるのは、カイルしかいないと思った。

心も体も、自分が捧《ささ》げたい相手は彼だけだ。

実際に結婚できるとは思ってもいなかったが、子供っぽい夢見がちな憧れは、その日を境に明確な恋心に育っていった。

「何も、今すぐ抱いてくれなんて言ってるわけじゃありません」

ユーリアはまっすぐにカイルを見つめた。

頬が赤らむのを感じたが、大事なことだからきちんと伝えたかった。

「ただ、それくらいの覚悟で私がここにいることはわかってください。子供扱いしないで、ちゃんと向き合ってほしいんです。私のこと、少しも好きにはなれませんか？　カイルの好みからはほど遠いですか？」

ユーリアが前のめりになって尋ねると、その分だけカイルは身を引いた。

「カイルの好みはどういう女性ですか？　髪は長いほうが好きですか？　胸やお尻は豊満なほうが？　その点、私はまだ発展途上ですけど、将来性を鑑《かんが》みていただけましたら――」

がたっと椅子を鳴らし、カイルが立ち上がった。

激しい運動をしたわけでもないのに、そのこめかみには汗が浮いていた。

「……そういえば、絵具がなかった」

視線を逸《そ》らし、彼は独り言のように口にした。

「赤……いや、青だ……青い絵具が切れていたから……買ってくる」

「カイル！」

呼びかけも虚《むな》しく、カイルの姿が掻《か》き消えた。

いつものごとく、魔法を使ってどこかへ飛んだ――いや、逃げたのだ。

「もうっ……！」

ユーリアは拳を固め、歯噛みした。

せっかく勇気を振り絞ったのに。

腹を割って話すことで、カイルの本心に少しでも近づければと思ったのに。

「カイルの馬鹿。――いくじなし」

真剣な思いをはぐらかされた寂しさで、ここにはいないカイルに、思わず悪態をつかずにはいられなかった。

◆◆◆

そこからさらに数日後。

（……やっぱり、ああして問い詰めたのが良くなかったのかしら）

自室の寝台に突っ伏して、ユーリアは溜息をついた。

もともと静かな屋敷は、いつにも増してしんとしていた。本来なら絵を描いているはずの時間なのに、カイルは今日もどこかに出かけているのだ。

（私があんなことを言ったから、ますます避けられるようになっちゃった……）

ごろんと寝返りを打って、ユーリアは仰向《あおむ》けになった。

視線だけを動かし、与えられた部屋の様子を眺めてみる。

元は空室だった部屋には、天蓋付きの寝台の他に、ガラス戸の嵌《は》まったキャビネット、詰め物をした絹張り椅子、天板に色とりどりの象嵌《ぞうがん》細工を施した丸テーブルなどが置かれていた。

これらをカイルが用意してくれたのなら嬉しいが、なんのことはない。

『若い娘の好む家具などわからないから』と、王宮で使っていたものを魔法で転移させてくれたに過ぎない。

おかげで以前と変わりない暮らしが送れているし、ありがたいといえばありがたいのだが、ユーリアは寂しかった。

カーテンでも、ブランケットでも、日常使いのタオル一枚でもいい。

たったひとつでも、カイルが自分を想って選んでくれたものがあれば、ユーリアは彼に歓迎されているのだと思い込めた。

「ここにいてもいい」というお墨付きをもらえたのだと、信じることができたのに。

（……結局のところ、ただの預かり物扱いされてるのよね）

そのうちに諦めて、王宮に帰るだろうと思われている。カイルが自分を露骨に避けるようになったのは、その時期を少しでも早めようとしているのだろう。

「だからって、すごすご引き下がるもんですか」

腹筋に力を込めてユーリアは起き上がった。

これほどつれない対応をされてなお、執着する自分もどうかしている。

頭の片隅ではそう思うのに、どうしてもカイルのそばにいたい気持ちが消えなかった。

「そうよ、絶対に――……今度こそカイルを一人にはさせない」

無意識に呟き、ユーリアははっと口元を押さえた。

自分は今、なんと言った？

（変ね。カイルはこのお屋敷で、長い間一人で暮らしてたのに……）

そこまで考えて、また思考がつんのめる。

──カイルはいつからここで暮らしていた？

──初めて出会ったとき、彼はなんと言っていた？


『俺はカイルだ。九年前からこの先の屋敷で暮らしている』


あの時点で九年前ということは、今から遡れば十九年前だ。

そのときのカイルは十四歳。子供と呼ぶには大きいが、大人というには幼い歳だ。

そして、この屋敷がもともと誰のものだったかと言えば。

「【湿地の魔女】……」

口にした瞬間、頭の芯がずきりと疼いた。

脳内に靄《もや》がかかったようで、考えがまとまらない。それでも懸命に記憶を辿《たど》り、十年前のカイルの言葉を思い出す。

『魔女はいない。──もういない。彼女は旅に出て、二度とここには戻らないんだ』

閉じた瞼の裏に、寂しそうなカイルの顔が蘇《よみがえ》った。

あのときユーリアは彼に尋ねた。【湿地の魔女】との関係は？　友人だったのか、弟子だったのか？　と。

それに対する答えは、

『どちらかといえば、弟子……だな』

というものだった。

魔女が何歳だったのかは知らないが、きっとカイルよりは年上だったのだろう。

カイルが過去の話をしないので、ユーリアは勝手に想像していた。

生まれつき魔力を持っていた彼を、【湿地の魔女】が見つけて弟子にしたのではないか。

理由は、カイルが天涯孤独だったから。両親を事故か病気で亡くし、孤児を集めた施設か何かで育ってきたのではないかと。

けれどなんらかの転機があって、魔女は彼を残して旅に出た。この屋敷はカイルのものになり、彼はまた一人になった。

恩人である魔女がいなくなったのだから、カイルが寂しがるのも当然だ。

──けれどもし、カイルの側に特別な感情があったなら？

――ただの師弟関係だと思い込んでいたが、それだけではなかったのなら?

(嫌だ……そんな、いまさら)

いまさらというより、いまだに、だ。

カイルがいまだに【湿地の魔女】を想っている可能性に気づいて、ユーリアは頭を抱えてしまった。

(でも、カイルは言ってたはずよ。『想う相手は今はいない』って)

ユーリアのほうから求婚したとき、そこは言質《げんち》を取ったのだ。

しかしあれも、よく考えれば、『今は』という言葉に含みを感じる。

そして、『いない』というのが、単純に不在を表しているだけのことだとすれば。

カイルが今も、【湿地の魔女】だけを一途《いちず》に愛しているのなら。

「割り込む隙はない……ってこと?」

呟いて、ユーリアは泣きたくなった。

カイルもいい歳の大人だし、あの美貌なのだから、それなりの恋愛経験があるのだろうとは思っていた。

しかし、その相手が一人だけとくれば話は別だ。

十四歳の頃に出会った魔女を好きになったのなら、それはほとんど初恋だろう。二十年近くも想い続けてきた女性に、勝てるかどうかは甚だ怪しい。

(──それでも、今のカイルのそばにいるのは私だわ)

挫《くじ》けそうになる心を、ユーリアは懸命に励ました。

そもそも魔女が、年下のカイルの気持ちに応えたとも限らない。実らなかった恋だからこそ諦めきれず、片想《かたおも》いをこじらせているだけかもしれない。

(大体、【湿地の魔女】ってどういう人だったの?)

ユーリアが知る情報は、兄のエミリオから聞いたわずかなものだ。

人々の悩みに耳を傾け、魔法を使って手助けしていたこと。

それから、若くて美しい女性だったということだけ。

(漠然としてるわ。正確な年齢とか、どんな顔をしてたのかとか、知りたいのはそこなのに)

魔女に会ったことがある人間は、まだどこかにいるのだろうか。

カイルに尋ねられれば手っ取り早いが、恋敵かもしれない女性の話を、本人の口から聞けるほど神経は太くなかった。

(……でも、待って?　魔女は昔、ここに住んでたのよね?)

その割には、彼女の存在を感じさせるものが何も見当たらない気がした。

魔女自身がここを出ていくときに処分したのか、あるいはカイルがそうしたのか。

もしくは、未練を残した彼が今もどこかに隠しているか──だ。

(ちょっと気が咎《とが》めるけど……カイルの部屋以外なら、どこでも出入りしていいって言われて

るし）

ユーリアは意を決して自室を抜け出した。改めて、屋敷内を探検してみようと思ったのだ。

まず向かったのは、カイルが最も長い時間を過ごすアトリエだった。

完成済みの絵やスケッチ帳なども含めて調べてみたが、湿原の動植物が描かれているだけで、ヒントになりそうなものはなかった。

次に足を向けたのは、これもカイルがよく行く書庫だった。

窓のない地下なので昼でも暗いが、中に入ると天井のランプが灯るようになっているのは、やはり魔法の力なのだろう。

照らし出されたのは、壁の端から端までを埋め尽くす本棚だ。

内容はと見れば、古典的な文学全集の他に、図鑑や歴史書、地学や算術や天文学などについての書物も豊富に揃っていた。

（そういえば、カイルはいろいろな知識に詳しかったわ）

本人は『学がない』と言うものの、教師の出した課題にユーリアが手こずっているときは、いつもさりげなく助けてくれた。

どうして月が夜ごとに形を変えるのかも、雨が降ったあとに虹がかかるのは何故なのかも、父の雇った教師より、カイルに説明してもらうほうがすんなりと理解できた。

いわゆる学歴はないのかもしれないが、系統だった知識はある。

その理由は、ここにある本を何年もかけて読み込んでいたからだったのだ。独学を続ける彼の努力を、ユーリアはつくづく尊敬した。

書庫を後にしたのちは、城の一階をくまなく巡った。

厨房や浴室にはこれといって気になるところはなかったし、物置には古い絵やイーゼルがしまわれているだけで、魔女に関連するものはなかった。

ユーリアは再び、階段を上って二階へ戻った。

自分とカイルの私室を含め、二階には四つの部屋がある。

階段手前から奥に向かって、

　　ユーリアの部屋
　　空き部屋
　　空き部屋
　　カイルの部屋

という並びだ。

二つの空き部屋は、どちらも窓にカーテンがかかり、床には絨毯が敷かれているくらいで、本当に何もない。

あえていうなら、カーテンと絨毯の組み合わせは片方が赤系統で、もう片方は青系統だというほどの違いだ。念のため絨毯をめくってみたが、床下収納などがあるわけでもなかった。

(これで、調べられそうなところは調べ尽くしちゃったけど……)

廊下に戻ったユーリアは腕組みし、カイルの部屋の前に立った。

ここならば魔女との思い出の品が残っているかもしれないし、場合によっては、日記などもあるかもしれないが。

(……それだけはしちゃ駄目)

もしばれたときに、カイルを怒らせるだけでなく、嫌われてしまうかもしれないと思うと、そんな危険は冒せなかった。

諦めて自室に戻ろうとしたとき、ユーリアはふと足を止めた。

廊下の片側に並んだ四つの扉を、もう一度眺めてみる。

ユーリアの部屋
空き部屋(赤の部屋)
空き部屋(青の部屋)
カイルの部屋

と並んでいるところ、二つの空き部屋の間に不自然に広い壁があったのだ。

これまでは、そういうものかと特に気にしていなかったけれど。

(赤の部屋と青の部屋の大きさは、同じくらいだったわよね?)

ついでに言うなら、ユーリアの部屋の広さともほとんど同じだ。

この城を設計したのが誰かは知らないが、二階には同じ大きさの部屋をざっくりと並べたのではないだろうか。

つまり、赤の部屋と青の部屋の間に存在する、この妙な空白は。

(……もしかして、隠し部屋?)

ひらめいて、両手を壁に這《は》わせてみると、あるところで明らかに手触りが変わる。

普通に壁紙が貼られているようにしか見えないのに、つるりとした木の板に触れた感覚があったのだ。

(扉がある……!)

ユーリアはにわかに興奮した。

予想どおり、ここには隠された部屋がある。どれだけ眺めても可視化できないのは、カイルが目くらましの魔法をかけているのだろう。

見えないドアノブを摑んだ瞬間、ばちんっ!　と静電気が走るような抵抗が生じた。

とっさに手を放したが、もう一度恐る恐る触れてみると、かちゃりと回る手応えが伝わる。

見えなくしただけで油断して、鍵などはかかっていないようだ。

（……ごめんなさい、カイル）

躊躇《ちゅうちょ》したのは、ほんの一瞬。

ここにこそ探しているものがあると確信し、ユーリアはドアノブを引いた。ただの壁面に切れ目が生じ、秘められた空間が現れる。

足を踏み入れると、中の部屋は予想どおり、ユーリアの自室と同等の広さだった。実際以上に狭く思えるのは、やたらと物が多いからだ。

右の壁に沿って置かれているのは、ヘッド部分の真鍮《しんちゅう》細工がティアラのようになった寝台。両開きの衣装箪笥《だんす》と猫脚の鏡台もあり、化粧水や香水瓶などが並んでいる。

（やっぱり、【湿地の魔女】はここで生活してたのね）

左の壁に寄せて置かれているのは、作業台と呼んでいいほどに大きな机だ。

そこには分厚い薬草図鑑が広げられ、乳鉢やすりこぎ、薬研《やげん》といった調薬のための道具があった。すでに完成したらしき薬の入った小瓶や、粉末の薬包などもある。

薬研の窪《くぼ》みには、すり潰された何かの植物が乾いており、作業の途中で主が消えてしまったかのようだった。

机の端に触れてみると、埃が積もっている様子はなかった。掃除だけはきちんとしながら、カイルは魔女がいた痕跡を手つかずのままに残していたのだ。

部屋には通常の窓の代わりに、採光のための円《まる》い天窓が設《しつら》えられていた。

降り注ぐ光が視界を遮り、部屋の奥が霞《かす》んで見える。

光の環《わ》をくぐり抜けたところで、ユーリアは足を止めた。

奥の壁には、ひと抱えほどもある大きな絵が飾られていた。屋敷内で一度も見たことのない人物画だ。

見たい気持ちと見たくない気持ちが交錯する中、引き寄せられるように近づく。

描かれているのは、漆黒のドレス姿の女性だった。

見覚えのある居間のソファに浅く腰かけ、緊張とはにかみが入り混じったような笑みを浮かべている。

頬は淡い薔薇色《ばらいろ》で、こちらを見つめる瞳は冴《さ》えた瑠璃色。

癖のない黒髪は腰の位置まで伸びており、前髪は額を出して分けられていた。

その顔立ちといい、目や髪の色といい、ひどく既視感がある。

まるで、日に一度は必ず覗く鏡を前にしているかのような。

「これって――……私?」

呟いてから、そんなはずはないと思い直す。

絵の女性の年齢は、おそらく二十代の半ばほどだ。ユーリアなら頬の線がもっと柔らかいし、よく見れば眉の形も今の流行とは違っている。

それでも、「彼女」は他人とは思えないほどにそっくりだった。

生き別れになった姉だと言われれば信じてしまうし、実際、血を分けた二人の姉よりも、「彼女」と自分のほうがよく似ていた。

（どういうことなの……？）

心臓がどきどきと嫌な感じに騒ぎ出す。

この絵を描いたのは、十中八九カイルだろう。彼の作品は自然画しか知らないが、タッチが似ている気がする。

そして、絵のモデルになった女性は――この場に飾られているということは、きっと。

（【湿地の魔女】……だとしたら、どうしてこんなに私と似てるの？）

さながら未来予想図のような絵を前に、ユーリアはぞっとした。

もしかして、自分が【湿地の魔女】に似ているから、カイルの態度はああも曖昧なのか。

お試し婚を提案すれば「好きにしろ」と言うけれど、決して一線は越えない。

愛した女性に瓜《うり》ふたつだから邪険にはしきれないものの、あくまで別人である以上、ユーリアの気持ちには応えられない。

（そんなことって……）

力が抜けて、ユーリアはその場にへたり込んだ。

自分がこの顔に生まれついた時点で、カイルと結ばれないことは決まっていた？

だったら、彼のことを好きになる前に、それを知っていればよかった。

もっと徹底的に冷たくして、希望なんて抱《いだ》かせないでほしかった。

（カイルにとって、私はなんなの？）

成長するにつれ、想い人に似てくるユーリアを前に、彼は何を思っていたのだろう。

姿形だけでも【湿地の魔女】にそっくりな自分は、カイルの心を少しでも慰めたのか。

あるいは逆に、失ったものを思い出させて、心の傷を抉《えぐ》る存在だったのか。

どちらにせよ、確かなことはいくつかある。

カイルは、ユーリアのことを見ているようで見ていなかった。

癒されたのか苦しんだのかは知らないが、どんなときでも勝手に魔女の面影を重ねていた。

ユーリアからすれば、自分という存在を根本から否定されたようなものだ。

（ひどい……こんなの、始まる前から未来のない恋じゃない……）

怒りと悲しみが喉を塞ぎ、息ができないほどに苦しかった。

思わず叫び声をあげそうになったとき、背後で扉の開く音がした。

床に膝をついたまま、ユーリアは振り返った。

そこに立っている人物が誰なのか、わざわざ確かめずともわかっていたけれど。

「クレメンティア……――？」

驚愕《きょうがく》の表情を浮かべたカイルが、ユーリアの知らない名前を口にした。

第三章　恋敵の亡霊に打ち勝つ方法

「クレメンティア――それが、この絵の女性の名前ですか?」

ユーリアは静かに立ち上がった。

激情が過ぎると、自分がこんなにも落ち着いた声を出せることを初めて知った。

己の誤りに気づいて、カイルの顔が青ざめる。

太陽の位置が変わったのか、天窓からの光が、今はユーリアを煙《けぶ》るように照らしていた。

カイルには、その姿が普段と異なって見えたのだろう。

いつもよりも美しく、神々しく、大人っぽく――かつて恋した相手だと、思わず見間違ってしまうほどに。

「どうして、君がここに……」

「隠し扉を見つけました」

「見つけた?」

カイルは呆然と呟いた。

「馬鹿な。普通の人間にこの部屋の扉は開けられない。もしかして封印を破ったのか……？」

そういえばドアノブを回そうとしたとき、静電気が走るような感覚があった。

封印が破れたというのは、あの瞬間だったのか。そのことを知って、カイルは急いで戻ってきたのか。

とはいえユーリア自身にも、そんなことができた理由はわからない。

不思議ではあったが、今はそれ以上に気になる問題で頭がいっぱいだ。

「違っていたらそう言ってください。この女性は【湿地の魔女】ですか？　この絵を描いたのはカイルですか？」

言葉を重ねても、カイルは否定しなかった。

ただ表情を強張《こわば》らせ、ユーリアの詰問を受け止めている。

「この方と――クレメンティアさんと、カイルはここで一緒に暮らした。弟子のようなものだと言っていましたが、それは嘘だったんですか？　本当は、あなたは彼女のことを……」

「愛していた」

カイルの答えに、ユーリアの喉はひゅっと笛のような音を立てた。

まさか、こんなに潔く認めるとは思わなかった。

いつだってカイルの態度はあやふやで、自分の意志を表明することはなかったのに。

【湿地の魔女】への想いを尋ねられれば、嘘はつけない。つきたくないということか。

「なんで……」

形ばかりの冷静さが剥《は》がれ落ち、ユーリアは声を震わせた。

「言ったじゃないですか……想う人は、今はいないって……」

「それは本当だ」

わずかな間を置き、カイルは続けた。

「クレメンティアは旅に出たんだ。――二度とここには戻らない、死出の旅に」

ユーリアは虚をつかれた。

【湿地の魔女】がすでに死んでいる――言われてみれば、何故その可能性を考えてみなかったのだろう。

事故か病気か、なんらかの事情でクレメンティアはこの世を去った。

彼女を偲《しの》び続けるカイルは、この部屋に思い出を封じて生きてきたのだ。

「それでも、忘れたわけじゃないんでしょう?」

躊躇《ためら》いながらユーリアは尋ねた。

傷つく羽目になるとわかっていても、黙ってはいられなかった。

「カイルは今も、クレメンティアさんのことが好きで……私をここに置いたのは、彼女に似ているから?　私の顔を見ていれば、好きな人が戻ってきたように錯覚できるからですか?」

でなければ、さっきのように名前を呼び間違えたりはしないはずだ。

「君を見るたびに、クレメンティアを思い出していたことは認める」

もう誤魔化《ごまか》せないと観念したのか、カイルが目を伏せた。

「だが、君が思っているような理由じゃない。これには事情があって――」

「事情なんて知りません」

ユーリアは遮るように声をあげた。

言い訳やおためごかしなんて聞きたくない。知りたいのは、たったひとつだ。

「私はこれ以上、ここにいないほうがいいんですか？」

すがるように言ってから、違う、そうじゃないと首を振る。

カイルに選択権を委《ゆだ》ねるのではない。

大切なのは、自分がどうしたいか。

たとえどんな結果になっても、それを引き受ける覚悟ができるかどうかだ。

「クレメンティアさんのことを知っても、私はカイルのそばにいたいです」

きっぱりと告げると、カイルは目を見開いた。

「どうして……」

「そんなの、付け入る隙があるからに決まってます」

ユーリアは、あえておどけるように笑ってみせた。

「使えるものはなんでも使うお父様の血を、私も引いているみたいです。この顔がカイルの好みだっていうなら、いくらでも眺めていてください。クレメンティアさんの代わりだと思ってくれても結構です。そのうちにきっと、『私』を好きにさせてみせますから」

腹をくくったユーリアの宣言に、カイルは当惑していた。

「そんな……君にとって、それは不誠実すぎるだろう」

「不誠実？」

作り笑いではなく、今度は本当にくすっと声が出た。

「私がクレメンティアさんにそっくりだから突き放せないけど、手放すこともできないんですよね、カイルは。根っからずるくて不誠実な人なら、私が何も知らないうちに、都合よく手懐《てなず》けて囲い込んでしまいませんか？　それができないカイルは、どうしたって悪い人にはなれません。せいぜい優柔不断っていうんです」

ずばずばと言い当てられて、カイルはぐうの音も出ない様子だ。

本当に、もっとずるくなってくれればいいのに――と思う反面、そうはなれないカイルだからこそ、自分は彼が好きなのだと思い直す。

「だけど、今までと同じように待ってるだけじゃ駄目ですね」

ユーリアは作業机に近づき、緑色に透ける小瓶を手に取った。

瓶の表面には、効能を書いたラベルが貼られている。きゅぽ、と音を立てて嵌めこみ式の蓋を開けると、謎めいた香りが漂った。

「……待て！」

カイルが手を伸ばしたときには遅かった。

小瓶の中の液体を、ユーリアは一気に口に含んだ。苦いかもしれないと覚悟していたが、意外にも柘榴《ざくろ》を煮詰めたシロップのように甘かった。

「何を飲んだ⁉」

瓶をもぎ取ったカイルが、ラベルに記された文字を読む。

ユーリアはその隙を逃さなかった。

横からぶつかるように抱きつくと、驚く彼の唇に、爪先立って唇を重ねた。

だんっ——！　と鳴った音は、後ずさったカイルが机に腰をぶつけた音だ。

それ以上の逃げ場をなくした彼に、より強く唇を押し当てる。

生まれて初めてのキスにときめきを感じる余裕もなく、カイルの唇を強引にこじ開け、柘榴の味の液体を流し込んだ。

「っ……ぐ……！」

突き飛ばすこともできるのに、そうしないカイルはどこまでも優柔不断だった。

彼の喉が上下するのを確かめ、ユーリアも口内に残った薬を飲み干した。

途端、腹の底にぽっと火が灯り、その熱が体中に伝播《でんぱ》していく。

うずうずと下腹がさざめく感覚に、ユーリアは我が身を抱きしめた。自分で自分に触れる刺激ですら、びくっとして鳥肌が立つ。

「すごい……さすが、魔女の秘薬ですね……」

「秘薬というか、これは媚薬《びやく》だろう……！」

眩暈を起こしたようにふらつくカイルの手から、小瓶が落ちた。

床を転がる瓶のラベルには、魔女のものらしい文字で『催淫効果あり』と書かれていた。

「知った上で飲んだし、カイルにも飲ませたんです。こうでもしなきゃ、カイルは私と一線を越える理由がないでしょう？」

カイルの手を掴んで胸の位置に導くと、彼は石のように固まった。

年甲斐《としがい》もなく純情だと笑いたくなる一方で、我ながらなんて大胆なことをしているのかという羞恥心が身を焦がした。

それでも、この機を逃せば停滞した関係を変えることはできないから。

クレメンティアに勝てる見込みがあるとすれば、自分は確かに生きていて、触れることができるという点くらいだろうから。

「抱いてください」

意を決して告げたのに、カイルは「できない」と首を横に振った。

「女性に恥をかかせるんですか？」

「君は初めてだろう。こんなふうに、投げやりにするようなことじゃない」

そんなお説教じみたことを聞きたいわけではなかった。

これ以上のまどろっこしさはまっぴらだと、ユーリアの中で何かが切れた。

「だったら、カイルに恥をかいてもらいます」

「っ……!?」

足払いをかけると、カイルは仰向けに床に倒れた。小柄なユーリアに不意をつかれるとは、よもや思っていなかったようだ。

「最近の淑女教育には、護身術も含まれているんですよ」

カイルの腰を膝で跨ぎながら、ユーリアはしれっと言ってのけた。

実際にはそんなことはない。可愛い妹の身が心配だからと、兄のエミリオが暇を見て手解《てほど》きしてくれたことが思いがけず役に立った。

(ありがとう、エミリオ兄様。――それに、ハンナも)

子供のできる仕組みだけでなく、閨《ねや》で何をどうすれば男性を意のままに操れるかまでを、ハンナには事細かに伝授された。

『恥ずかしいでしょうが、これは大切なことですよ。夜の相性が良い女性を、男性は決して手離したがりませんから。多少の喧嘩《けんか》も水に流せる夫婦円満の秘訣《ひけつ》です』

図解入りの本で解説された具体的な手管《てくだ》のあれこれを、試すときがようやくきたのだ。

覆いかぶさってくるユーリアに、カイルは完全に呑まれていた。

「ユーリア、待て、何を……」

「やかましいお口は塞いでしまいましょうね」

落ちてくる髪を耳にかけ、ユーリアは再びカイルに口づけた。

重なる唇の感触を、今度はしっかりと堪能する。薄いようで弾力のあるそれは、驚いた形のままに開いており、これ幸いと舌を挿《さ》し入れた。

(――初めてのキスは、カイルのほうからしてほしかったけど)

受け身でいるばかりでは進展がないのだから仕方がない。

上顎をなぞり、逃げようとする舌を追いかけて搦《から》め取ると、カイルは眉根を寄せて息を洩《も》らした。

「ん……っ、……」

ユーリアの肩にかけた手は、押し返すこともできずにただ添えられているだけだ。

こんな拙いキスでも感じて抵抗を忘れるほどに、媚薬の効果は絶大らしい。

(私も、すごく気持ちいい……)

唾液に濡れた粘膜の接触に、甘美な漣《さざなみ》が背骨を駆ける。

キスを続けながら、ユーリアはカイルの髪に手を伸ばした。癖のある銀髪は高貴な猫の毛のように柔らかそうで、ずっと触ってみたかったのだ。

指先に軽く巻きつけると、想像通りの滑らかさにうっとりする。

そのまま耳朶《じだ》をなぞってみると、カイルの肩がびくっと跳ねた。

もともとここが弱いのか、薬で敏感になっているのか——どのみち、自分よりも体の大きな男がなされるがままでいることに、体の芯からぞくぞくする。

首筋から鎖骨を撫《な》で下ろし、シャツごしにカイルの胸に触れた。ちょうど心臓のある位置だ。

（ああ……同じなんだ……）

どっどっどっどっ——と早鐘を打つように、鼓動が荒くなっている。

それはユーリアの反応と寸分違《たが》わなかった。今すぐ服を脱ぎ捨てたいほど体が火照っているのも、きっと一緒だと信じたかった。

それを確かめるべく、ユーリアはいよいよ核心に手を伸ばす。

何をされるのか察したカイルが、焦った声をあげた。

「駄目だ、待て……っ」

「——あ」

ユーリアはびっくりし、キスを中断して顔をあげた。

ズボンの上からでも膨らみがわかる、カイルの中心。

それは熱く、硬く、勇ましかった。

輪郭をそうっと指でなぞると、悶《もだ》えるように根元から大きく揺れた。

「王女がそんなところを触るんじゃない……！」

「どうして？　王女だって、好きな人の体には触れたくなります」

ユーリアは反論した。

その一方で、申し訳ないという気持ちももちろんあった。

「ごめんなさい。こんなこと、カイルにとっては不本意ですよね」

この興奮が媚薬によるものではなく、カイルが本心からユーリアを求めてのことだったら、どれほどよかっただろう。

無理矢理に欲情させて、なし崩しに肉体関係を結ぼうとするなんて、男女が逆であっても犯罪には違いない。

「こうすることで嫌われても仕方がないです。でも私は、カイル以外の人に嫁ぐ気はないから……一生に一度しか男性を知ることがないなら……それは、やっぱりあなたがいいの」

切実な告白に、カイルは何かを言いかけて口を噤《つぐ》んだ。

その間にもユーリアは、ズボンの前立てを開こうとしていた。経験のない行為に焦って、何度も手が滑る。

泣きたくなった瞬間、ユーリアの体はカイルに抱き込まれ、反転した。

気づいたときには背中が床についており、息を乱したカイルが馬乗りになって、こちらを見下ろしていた。

「……カイル？」

「俺たちが飲んだ薬は、規定量を超えてる」

呆気《あっけ》に取られるユーリアに、カイルは告げた。

「半分ずつとはいえ、あの瓶に入っていた薬を全部だ。あれは本来、ひと匙《さじ》に足りないくらいが適量なんだ。ラベルの下のほうに書いてあったのに、読み飛ばしたな？」

「そ……そうだったんですか？　ええと、それは、飲み過ぎるとどうなるんでしょう……？」

「死ぬ」

「えっ⁉」

「――とまではいかないかもしれないが、場合によっては気が触れる。薬による興奮を発散してやらない限り」

「そんな……」

「怖くなったか？　君が考えなしなことをしたせいだ」

口元を覆うユーリアを睨み、カイルは溜息をついた。

「俺もこんなことで廃人になりたくないし、君も同じだろう。これは緊急事態だからやむをえない。つまり――」

「いやらしいことをしてくださるんですね⁉　そんな都合のいい展開、大歓迎です！」

綻ぶ口元を隠してはいたが、嬉々《きき》として叫んでしまったので台無しだった。

「君という奴《やつ》は……」

カイルが舌打ちし、前髪を邪険に掻《か》き上げた。

形のいい額が覗いて見惚《みと》れた隙に、今度はカイルのほうからキスされていた。

「ん……っ⁉」

驚くユーリアの唇が割られ、口腔《こうこう》をまさぐられる。

顎を摑まれ、大きく口を開かされ、食べられるのかと思うほどの激しさで舌を絡めながら吸われた。

「はぁ……ぅ、……っふ……」

はふはふと鼻で呼吸しながら、ユーリアの心も体も加熱したバターのように溶けていく。

カイルからこんなキスをしてもらっているなんて、信じられない。

信じられないくらいに嬉しくて、気持ちよくて、どうにかなってしまいそうだ。

「——っ、ん！」

突如として鋭い刺激が走った。

カイルの手がドレスの上から胸を揉み、人差し指で先端の突起を押し捏《こ》ねていた。

鯨《くじら》の髭《ひげ》を使用したコルセットは、侍女の手を借りずに装着するのが難しい。ゆえに最近のユーリアは、薄手のシュミーズと前ボタンを留《と》めるだけのドレスを身に着けている。

それはつまり、硬くなった乳首の存在を知られやすく、こういう場で簡単に脱がされてしまうということだった。

「あっ……」

キスをしたままドレスの前をはだけられ、シュミーズの肩紐《かたひも》をずらされると、丸い双乳が無防備に飛び出した。柔らかさの奥にわずかな芯を残した、これから熟れていく余地のある、若々しい乳房だった。

その胸の頂《いただき》に、カイルの唇が狙いを移す。

「あっ、あっ……ん、ぁあん……っ！」

カイルを襲うことに夢中で忘れていたが、ユーリア自身も媚薬に冒《おか》された身だ。乳首を軽く吸われるだけで、脳が煮崩れるような快感に溺れてしまう。お腹の下のほうがじゅんと潤み、淫らな液体が下着を濡らす。

「ぁ、ん……っひゃぅ！」

ぷくんと膨れた乳頭を、ざらつく舌で舐《な》められた。

根元から繰り返し弾かれると、桜桃色の尖《とが》りは膨らみごとふるりと揺れる。触れられていない逆の乳首も、期待に疼いてじんじんしている。

恥ずかしかったが、処女らしく怯《おび》えて嫌がるふりをする気はなかった。

これが最初で最後かもと思えば、悦《よろこ》びを素直に享受し、全身で味わっていたかった。

「カイル……気持ちいいです……」

うっとりと囁《ささや》くユーリアに、カイルは「そうか」と言うだけだった。

「薬のせいだろう。こういったことに、俺はそれほど巧みじゃない」

どう受け止めていいのかわからない発言に、ユーリアは当惑した。

まったく経験がないわけではなさそうだが、ずいぶんとご無沙汰ということだろうか。

それはやはり、亡くなった【湿地の魔女】を想い続けていたからか――彼女とカイルは、すでに深い仲だったのか。

考えると、もやもやした嫉妬が胸に立ち込めてくる。

今だけはそんなことを忘れたいのにと思っていると、カイルの手がスカートをたくしあげた。

「あ、あの……っ！」

下着が露《あら》わになってしまい、思わず声をあげる。

いつなんどきカイルに求められてもいいようにと、純白のレースを多用した勝負下着だから、見られること自体は問題ではない。

そうではなくて、困るのは。

「実は私、さっきから下着を汚してしまってて」

「ああ……それは」

「女性が性的快感を得て分泌する愛液というものだと思うんです。きっと九割九分は」

教科書を読み上げるように言うユーリアに、カイルの目が点になった。

「でも万が一、そうじゃなかったら大変なので、御不浄で確かめてきてもいいですか？　ほら、犬なんかだと、大好きなご主人様に遊んでもらうのが嬉しすぎて、うっかりお漏らしをしちゃうことがあるじゃないですか」

「君の正体は犬なのか？」

「人間ですけど、それくらいカイルに構ってもらうのが嬉しいんです！」

真剣に訴えるユーリアに、カイルの喉が音を立てた。

かすかな声を聞き逃さず、ユーリアは尋ねた。

「今、もしかして笑ってました？」

「俺が？　……笑ったか？」

「笑いましたよ。『くっ……』って喉が鳴ってましたもん！」

カイルの笑い声を聞けるなんて、流れ星を目撃するよりも貴重で珍しい。

己の行動を振り返るように、カイルが首を傾げた。

「久しぶりすぎてわからないが……確かに笑ったかもしれない」

「やっぱり！」

「気を悪くさせたならすまない。自分でもどういう感情だかわからないんだ」

「はい？」

「絶対に、こんな事態にはならないと決めていたのに――君があまりにもまっすぐに、俺を好きだと言ってくれるから」

（――『から』？　だから、何？）

その先を聞かせてほしいのに、カイルは黙ってしまう。

止まっていた手が再び動き、下着のクロッチ部分をなぞりあげた。

「あぁっ……！」

ユーリアの背は、床の上で弓なりにしなった。

カイルが指を動かすたびに、濡れた布がよじれてくちゅくちゅと卑猥《ひわい》な音が鳴る。愛液とも小水ともつかない液体が、留まることを知らずにじゅんじゅんと溢《あふ》れてくる。

「だ……だめ！　汚い、かも……っ」

「君が心配しているようなものじゃない」

どうして言い切れるのかと思ったところで、ユーリアは見た。

カイルが濡れた指の匂いを嗅ぎ、あろうことか味見するように舐めるのを。

「おっ……お腹を壊しませんか⁉」

「二十年ものの古い薬を飲まされるほうが、俺はよっぽど不安だ」

そう言って、カイルはさらに大胆な行動に出た。

ユーリアの両脚を開かせると、びしょ濡れのクロッチを横にずらし、剥《む》き出《だ》しの秘処に口をつけたのだった。

蜜にてかる花唇と、その上で芽吹きかけた秘玉を、熱い舌がねっとりと往復する。

「っひ⁉　あぁぁあぁ……っ！」

出し抜けの快感と混乱がユーリアを揉みくちゃにした。

男性が女性のそこを舐める行為について、知識がなかったわけではない。

けれど、カイルがこんなことまでしてくれるとは思わなかった。

好きでもない女の、湯浴《ゆあ》みすら終えていない秘部を舐めさせるなんて、申し訳なさといたたまれなさで胃がよじれそうだ。

「こんなっ……こんなこと、しなくても……ああんっ……！」

「初めての娘にいきなり突っ込むほど、俺は鬼畜じゃない」

そんな男に思われていたなら心外だとばかりに、カイルは細やかに舌を躍《おど》らせた。

「しっかり解《ほぐ》しておかないと、つらい思いをするのは君だ。──指も入れるぞ」

言うと同時に、カイルの中指が秘裂を割った。

関節の在処《ありか》がよくわかる、すらりとした長い指だ。慎重に押したり引いたりしながら狭い場所を進まれて、ユーリアの下腹がひくひくする。

「あ、……っあ、ん！　だめ！」

「痛いのか？」

「いたい、とかじゃなくて……あぁ、んあっ……！」

未踏の地を穿《うが》たれてあがる声に、苦痛の色はなかった。膣内が引き攣《つ》れる感覚はわずかにあるが、それよりもカイルの労《いた》わりのほうが強く感じられる。

「あんっ……あ、カイル……はぁあ……っ」

指一本をすべて呑み込むまでに、十分はかかっただろうか。

それだけで汗びっしょりになり、はぁはぁと胸を弾ませるユーリアに、カイルが確かめるように尋ねた。

「本当に、この先まで耐え切れるのか？」

「もちろん、です……っ……」

「なら、ここは？」

カイルが再び顔を伏せ、秘裂の上部にある突起を舌で弾いた。

「ぁんんぅっ……!?」

鋭く突き抜ける快感に、目の奥がちかちかした。

唾液を乗せて滑りをよくした舌で、輪郭を丁寧になぞられる。刺激を与えられて育つ花芽は莢《さや》を脱ぎ捨て、とうとうむっくりと飛び出した。

「……ぁぁ、そこ……すごい……ぁぁあんっ……！」

指で触れるよりも柔らかで繊細な刺激を、カイルは絶え間なく送り込んでくる。

そうして陰核をあやしながら、差し入れたままの指もゆるゆると膣壁を擦り始めた。

外側と内側から気持ちよさでぐずぐずに溶かされ、いっそう声が高くなる。

子供の作り方は知っていても、初めての行為でこんなにも感じられるだなんて、誰も教えてくれなかった。

節高《ふしだか》な指はいつのまにか二本に増え、ぐちゅぐちゅと水音を鳴らしながら出入りしている。官能の根源を舌で弾かれ続けるうちに、ユーリアの腰はもじもじと揺れた。

「はぁ、あ、ふぁ……変です……わたし、っ……」

「どうした」

「カイルが舐めてくれるところが、痺《しび》れて……お腹の下のほうから、ぐんぐんって何か来るみたいで……」

「来るんじゃない。達《い》くんだ」

「……いく？」

「閨房教育を受けたなら知らないか？　絶頂するとか、気をやるとも言う」

「あ、知ってます！　これが？　私、今からカイルに――……ぁあうっ⁉」

秘口を出入りしていた指が、膣襞のくぼみをぐいと押し上げた。ぐっ、ぐっ……と一定の間隔で刺激されるうちに、快感がどんどん折り重なっていく。

「あ、いや、ああっ、あ、……怖いっ……！」

「怖がらなくていい。これは自然なことだ」

「カイル……カイルっ……うぅ、ん、ぁあ――あああっ……！」

前触れもなく、決壊はふいに訪れた。

丹念に舐め転がされ、破裂寸前になっていた秘玉を、カイルの舌が包《くる》んでじゅうっと吸い上げたのだ。

「ひっ……ぃ、あぁん！　あぁぁぁっ……――！」

顎を突き上げ、白い喉を晒《さら》して、ユーリアはがくがくと震えた。

押し寄せる快楽に腰を揺すり立て、生まれて初めての絶頂へと駆け上がる。

やがて全身の痙攣がおさまっても、蜜洞だけはいつまでもひくつき、カイルの指を慕わしげに締めつけ続けていた。

「あ……ぅ、……はぁ……」

指を引き抜かれた瞬間、たまらない空虚を感じ、涙のような体液が会陰《えいん》を伝った。

息をするだけで精一杯のユーリアを、カイルが案じるように見下ろした。

「体はどうだ。さっきより、少しはマシに――」

「なってません……！」

ユーリアは無我夢中でカイルにしがみついた。

魔女の媚薬の恐ろしさは、一度きりの絶頂では満足ならず、もっと貪欲に快楽を求めてしまうことだった。海の水を飲めば飲むほど喉が渇くようなものだ。

「気持ちいいけど……すごくよかったけど、足りないんです……もっと……！」

ユーリアの両脚がカイルの腰に絡み、互いの局部が密着した。

ズボンごしの盛り上がりに、浅ましくも股間を擦りつける。自分が何をしているのか考える余裕もなかったし、カイルにも同じだけおかしくなってほしかった。

「っ……わかったから、動かすな……！」

カイルが慌てたように腰を引いた。

その頬も目元も、発熱したときのように紅潮している。いつもは健康状態を案じるくらいに青白い肌をしているのに。

「ところで……いまさらだが、こんな場所でいいのか？」

カイルが何を言わんとしているのか、目線を追って気がついた。

夢中になりすぎて忘れていたが、自分たちはずっと床の上で絡み合っていたのだった。カイルの視線の先には寝台があり、そちらに移ったほうがいいのではと言われているのだ。

「いいんです」

ユーリアはむっとした。

【湿地の魔女】の寝台でカイルに抱かれるなんて、ありえなかった。そんな当然のことに思い至らないあたり、彼は女心に疎すぎる。

理想を言えば自室かカイルの部屋で結ばれたいが、場を改める余裕もないくらい、体が火照って耐えられなかった。

「なんでもいいから抱いてください、お願い……！」

我慢できなくてむずかると、カイルも覚悟を決めたのか、ユーリアの下着を下ろした。

乳房は露出し、スカートもめくれて、大事な部分が何もかも見えてしまっている。

自分だけがこんな格好で——と拗《す》ねるように見上げれば、カイルもズボンの前を寛《くつろ》げた。

片手を添えて引きずり出されたものに、ユーリアはぎょっとして目を瞠《みは》った。

（これが、カイルの……——？）

脱ぐ前から察していたが、カイルの雄茎はすっかり隆起しきっていた。

太い幹はゆるやかに反り、横に張り出した亀頭は透明な先走りを滴らせている。顔を近づけずとも感じられるくらい、濃密な雄の匂いがした。

あまりにも整った美貌を裏切るように狂暴な——それだけにいっそう生々しく、まさに肉の棒と呼ぶにふさわしい男性器。

異性の局部を見たのは初めてだが、きっと尋常でなく大きいのだろうと直感する。

（こんなのが本当に入るの？　痛くないの？　……ううん、痛くてもいい。カイルと私の大事なところを繋げて、ひとつになれるなんて夢みたいだもの）

粗相こそしていないものの、ユーリアはやはり自分を犬だと思った。主人におあずけをされて焦れるように、ふすんふすんと情けない鼻声が洩れてしまう。

カイルの袖口を摑み、お願い、早く——と目でねだると、彼が身を重ねてきた。

蕩《とろ》けきった入口に、ぬちゅ……と熱いものが当たる。

「んっ、……！」

とっさに身を硬くしたが、こういうときは体の力を抜いたほうが楽になるのだと、ハンナに言われたことを思い出した。

教えのとおりに長く息を吐き、心身ともにカイルを迎え入れる準備をする。

ぬかるんだ蜜口は肉杭を突き立てられる瞬間を待ちわびて、ちゅうちゅうと物欲しげに吸いついた。

だというのに。

「カイル？」

それ以上動こうとしない彼を、ユーリアは戸惑って見上げた。

返ってきたのは溜息と、迷いに満ちた眼差《まなざ》しだった。

「やっぱりやめないか？　君の欲求は、手と口だけで満たしてやるから……」

「どうしてですか⁉」

この期《ご》に及んで何を言い出すのかと、ユーリアは躍起になった。

「カイルだってつらいんでしょう？　あの薬を私と同じだけ飲んだんですから。性欲処理の相手にもならないくらい、私のことが嫌ですか？」

「そんな言葉を使うんじゃない」

カイルは顔をしかめ、首を横に振った。

「違うんだ。君が嫌だとか、そういうわけじゃない。ただ、俺は……怖くて」

「怖い？」

「意味がわからないことを言っていると思う。だけど本気なんだ。聞いてくれ」

そう前置きしてから、カイルは思い切ったように告げた。

「このまま抱いたら、俺は君を死なせてしまうかもしれない」


「……は？」

ユーリアは間の抜けた声を洩らした。

（死ぬって、それは物理的な意味で？）

巨根すぎてお腹が破れるとか、破瓜《はか》の出血で失血死するとか、そういう次元の話だろうか。

いや、それはいくらなんでも――と自分で突っ込んでおいてから、まだしもありえる可能性を口にする。

「ええと、私は健康ですよ？　激しい運動をしたら命にかかわるような病気にかかってもいませんし。それとも、気持ちよすぎて天国が見えちゃうとかの喩《たと》えですか？　だったらむしろ嬉しいっていうか」

「俺はそんなに絶倫じゃない」

あ、違うんだ……と若干がっかりしたのち、ユーリアはじりじりしてきた。

「だったらどういうことですか？　ここまできて抱いてくれないってことは、やっぱり……」

続けようとした言葉を、ユーリアは寸前で飲み込んだ。

――カイルはそんなにも、【湿地の魔女】が好きなのか。

――彼女が死んで何年も経つのに、いまだに操を立てたいほどに。

そう尋ねて肯定されれば、この上なく惨めな気持ちになる。

どのみちつらい思いをするのならば、いっそ。

「私をクレメンティアさんの代わりだと思ってくれて構いませんから」

「できるか」

思いがけず強い語気で返された。

「君とクレメンティアは別人だ。別人でなきゃいけないんだ。そうでないと俺は――君を、二度と手放してやれなくなる……っ……！」

カイルの様子はおかしかった。

白目を充血させ、息せききって言葉を重ねる彼を、ユーリアはひとまず抱きしめた。

「落ち着いてください」

弾む背中を撫でながら、軽率にクレメンティアの名を口にしたことを後悔する。

その一方で、今の言葉はどういう意味だろうと心臓がどきどきした。

「変なことを言った私が悪かったです。でも、『手放してやれなくなる』って……それの何がいけないんですか？」

自分はカイルのことが好きだと伝え続けているし、結婚については父も認めてくれている。

彼の発言は謎だらけだが、ユーリアが死ぬことをそんなにも心配しているのなら。

「私は死にませんよ？」

カイルの頬に触れ、ユーリアは言った。

「少なくとも、あなたより先には死なないです。何があってもずっとカイルのそばにいます。こんなことを言ったら笑われるかもしれないけど、本当は昔から思ってたんです。私はカイルと出会うために、生まれてきたのかもしれないって――……っ⁉」

それはあまりにも突然だった。

カイルの瞳がみるみる潤み、泣いているのかと驚いた瞬間、強く抱きしめ返されていた。

ついでに――というより、そっちのほうがずっと重要なのだが――ユーリアの潤んだ秘裂に、雄茎の先が今度こそめりこんだのだ。

「ぁぁああっ……！」

叫んだのは痛みのせいか、ついに一線を越えた歓喜のせいか。

ぐっぐっと腰を揺さぶられるごとに、カイルのものが入ってくる。

彼の命そのもののような熱さに、ユーリアは眩暈を覚えた。まだ半分ほどを残しているのに、早く完全な形で繋がりたくて胸がうずうずした。

「カイル……んっ……ああっ、——んっ、ん！」

「っ……狭くて、押し返されそうだ……」

カイルの声はかすれ、呼吸も乱れていた。

ユーリアの心はとっくに彼を受け入れているのに、未熟な体が挿入を拒んでいるのだ。

秘裂をみちみちと広げられ、苦しいのに嬉しくて、ユーリアは彼の首にしがみついた。

「いいの……いいから、もっと奥まで……っ」

「ああ、——もう止まらない」

「んっ……ふぁっ、あっ……ぁあっ……」

細かな押し引きを繰り返すうちに、強張っていた場所が少しずつ解《ほぐ》れていく。

とうとう隙間なく熱杭を埋め込まれたときには、互いに汗びっしょりだった。体の一番深いところに、何の隔てもなくカイルを感じた。

途中でどこかが裂けたのか、息をついた拍子に結合部から血が滲《にじ》み出す。

ユーリアが処女だったことをいまさら思い出したように、カイルが狼狽《ろうばい》した。

「痛かったか？」

「ううん。いいんです。——嬉しい」

ユーリアは涙目で微笑んだ。

こんなことを言ったら、責任を取らなければとカイルを余計に追い詰めるかもしれない。

それでも、溢れる喜びを胸に留めてはいられなかった。

「カイルとこの先も一緒にいられるかはわからないけど……初めての人があなただったことは、きっと一生後悔しません。欲張りを言っていいなら、もう一度キスしてくれますか?」

「君の欲はずいぶん可愛らしいな」

髪を優しく撫でられ、唇がまた重なった。

上でも下でもカイルと繋がっていられることに、愛《いと》おしさが倍増する。

唾液を交換するようなキスをしながら、繋がった腰を押し回されると、花芽が柔らかく潰れて吐息が喘《あえ》ぎ声に変わった。

「あ、ふっ……んっ……う……」

「これくらいの動きなら大丈夫か?」

「……はい……カイルの好きにしてください……」

「本当は、慣れるまでもう少し待ったほうがいいんだろうが……君の中が絡みついてきて、我慢するのがどうにもつらい」

「す、すみませ……あっ……んっ、あ!」

カイルが動きを止めても、ユーリアの内部では熱い襞がうにゅうにゅと蠢《うごめ》いていた。

官能的なうねりに誘われ、カイルがまたゆるゆると腰を揺らす。奥を突く律動が少しずつ強くなって、お腹の底が重くなる。

「……ん！　首、やっ……！」

首筋に口づけが落とされ、ユーリアはびくりとした。

くすぐったいというよりも、出し抜けの刺激に驚いたのだ。

「ここは苦手か？　なら、こっちは？」

「ぁあん……！」

胸の先をくにくにと柔《やわ》く捏ねられて、明確に甘い声が出た。

凝《こご》り勃つ乳首に手応えを感じたのか、捏ね方が執拗《しつよう》になっていく。

「待って……待ってください、そんな……っ」

「俺の好きにしていいんだろう？」

ユーリアの発言を逆手に取って、カイルは逆側の乳首も転がし始めた。

揃って尖る乳頭を同時にきゅっきゅっと扱《しご》かれると、出もしない母乳を搾《しぼ》られるようで、下腹部が痛いほど疼いた。

「それっ……あああっ、気持ちい……っ」

「俺もだ。君が感じると締めつけが強くなって……こっちも、たまらなく気持ちがいい」

カイルは上体を屈《かが》め、乳房の膨らみにキスをした。痕を残すように何度か吸い上げてから、胸の先端を舐め、口に含む。

「いっ、あぁ……はぁ、んぅうっ……！」

飴玉《あめだま》を溶かすように乳首をしゃぶられ、硬い剛直で内部を擦られ、ユーリアは絨毯に後頭部を擦りつけて悶えた。

ぬちゅぬちゅと蜜洞を穿たれるうちに、知ったばかりの絶頂感が膨れ上がっていく。

「あっ、あ！　待って……またぁ……っ！」

快感がぶわっと駆け抜け、毛穴という毛穴が大粒の汗を噴き零す。

魚のように下肢をびくびくと跳ねさせ、ユーリアは再びの極みに連れ去られた。

「……ひっ、う……いや、いやぁぁあぁあっ……──！」

「また達したのか？」

尋ねられたところで、とてもまともには答えられない。

忘我の極致に達したユーリアを休ませてくれるどころか、カイルは収縮する膣道をこじ開け、怒張を打ち込み続けているのだ。

「あん、ひぁ、あんっ……ふぁああっ……！」

汗に濡れた肌が張りついては離れる、ぱんぱんという音。

肉棒が出入りするたびに蜜が溢れる、ぐぷぐぷという音。

それらの音を聞いているだけで頭がおかしくなりそうだった。三度目の絶頂もそれからすぐにやってきて、その後は数える意味もないくらい達きっぱなしだ。

「あぁっ……も、だめ……怖い……いきすぎて、怖いぃ……！」

「媚薬の効果を打ち消すためだ。我慢しろ」

息を荒らげながらも、カイルはごりごりと蜜壺を抉ることを止めなかった。

ユーリアが泣きじゃくっても頓着せず、力強い抽挿を続ける様は、どこが『そんなに絶倫じゃない』のかと小一時間問い詰めたいほどだ。

並外れた快楽に晒されたせいか、ユーリアはやがて幻聴を聞くようになってきた。

――もう、カイルったら……久しぶりだからって、張り切りすぎじゃないですか？

いよいよどうかしたと思ったのは、その幻聴が自分そっくりの声をしていたからだ。

思わず周囲を見回したが、この部屋にいるのは自分とカイルだけ。

それに、そんなことをしたところで無駄だった。

幻聴が聞こえるのは外からではなく、ユーリアの頭の中からだったのだ。

――あら？　もしかして、私の声が聞こえてますか？

――そんなことってあります？　……あっ、もしかして、カイルのせい⁉

慌てふためく「声」に、ユーリアは眉をひそめた。

カイルの名を呼ぶその響きは、なんだか妙に親しげだ。

――カイル！　カイルってば、漏れてます！

――さっきからじわじわ漏れ続けてるせいで、こっちの体にも影響が……！

「声」の調子があまりに必死なものだから、ユーリアは思わず尋ねた。

「あの、カイル。変なことを聞きますけど、何か漏らしてます？」

「漏らす……？　先走りくらいは出ているかもだが」


――そうじゃなくて！


カイルは律儀に答えてくれたが、どうやらそっちではないらしい。

「……とはいえ、そろそろ限界かもな」

カイルは苦しそうに息を凝らした。

彼のほうも絶頂が近いのか、腰を打ちつける音はいっそう大きく、抽挿も深くなっていく。

「うあ、あっ……ぁあぁ、はぁぁんっ！」

臍《へそ》の裏にある敏感な場所を擦られると、またあっという間に達して思考が弾けた。

「声」の正体を気にするどころか、カイルの猛攻を受け入れるだけでいっぱいいっぱいになってしまう。

「カイル……カイルっ……ぁああっ、激しい……！」

「ぎりぎりまで君の中にいさせてくれ……最後は、外に出すから……」

それは、お試し婚のうちに妊娠させるわけにはいかないという、カイルなりの配慮だったのだろうが。

「嫌……嫌です、離れないで……！」

もし子供ができたところで、妊娠を盾に結婚を迫るような真似はしない。

カイルと一緒になれないなら修道院にでも身を寄せて、彼の血を引く子を一人でもたくましく育ててみせる。

「お願い……最後まで、私の中にいて……」

カイルの腰の後ろで足首を交差させ、逃がすまいと必死になる。そんなことをしなくても、肝心の蜜洞が肉芯にきゅうきゅうと纏わりついて、放す素振りもなかったのだが。

「っ、そんなに締められたら……」

間近に迫った射精感に、カイルの声が裏返る。

こちらを気遣う余裕もなさそうなのに、どちゅどちゅと突かれるのは、ユーリアにとって気持ちのいい場所ばかりだった。

「ん、いく……いくから、カイルも……っ」

ユーリアは無意識に恥骨《ちこつ》をせり上げ、吐精を促した。

我を忘れたカイルが、もうどうにでもなれとばかりに放埓《ほうらつ》に腰を振りたくる。

最奥を抉られた瞬間、高まる快感が弾《はじ》け飛び、カイルの男根も大きく脈打った。

「……く……出る、っ――」

「あんっ、ぅうう……やぁあああぁ……！」

子宮口に接した先端がぶるっと震え、熱いものをびゅるびゅると吐き出される感覚は、ユーリアにとびきりの恍惚《こうこつ》をもたらした。

愛する人とこれほどの快楽を分かち合えたなら、死んでもいい――遠ざかる意識の中で、うっすらと思ったときだった。


――駄目です！　抱かれてすぐに死んじゃうなんて、絶対に駄目！

忘れていた「声」が、頭の中で叫んだ。

――そんなことになったら、カイルはまた苦しみます……って、ちょっと⁉

――カイルったらぼうっとしないで！　あなたがしっかりしないと、魔力が漏れて……！


ユーリアは当惑した。

精を吐き尽くしたカイルから、触れ合った皮膚を通じて「何か」が滲《にじ》み出てくるのを感じる。目には見えないが、肌感覚でそうだとわかる。

ごうっと、耳元で突風が吹き抜けるような音がした。

瞬間、ユーリアの意識は肉体からするりと抜け出していた。

あられもない姿で重なる自分とカイルを見下ろしたのも束《つか》の間《ま》、幽体離脱に似た状態のまま、吹き荒れる風に運ばれていく。

遠くへ――遥《はる》か遠くへ。

この世に生まれるよりもずっと前――ユーリアがまだ、ユーリアでなかった頃の時代へと。

第四章　死にたがりの少年は年上魔女に救われる

気づいたとき、ユーリアは見知らぬ部屋にいた。

どこかの民家なのか、窓から月明かりが差し込む他は光源のない暗い部屋。

自分は寝台に寝ているようだが、体を覆う毛布は頻繁に洗われていないのか、垢《あか》じみて饐《す》えた匂いがした。

さっきまでカイルと一緒にいたはずなのに――と思いながら身じろぎすると、背中に回った両手首が、縄のようなもので縛られていることに気づいた。

それだけでも驚くが、さらにぎょっとしたのは自分の口から、

「……やられた」

という舌打ちが飛び出したことだった。

その声は明らかに自分のものではなかったし、王女として生まれたユーリアは、どんなにいらいらしても舌打ちなどしないように育てられている。

ならば、この体は誰のものなのか。

混乱しているうちに、部屋の扉が開かれた。

戸口に立ってこちらを覗き込んでいるのか、男女のひそひそ声がする。

「本当に寝てるのか?」

「寝たわよ。夕飯のスープに睡眠薬を混ぜて、抵抗できないように縛っておいたわ。だから先にお金を払って」

「わかったわかった。それにしても、サリー。あんたはひでぇ女だな。いくら金に困ってるからって、俺みたいなクズに息子を売るなんざ」

「うちの人がろくでなしで、稼ぎが悪いんだから仕方ないでしょ。今夜も一体どこで飲み歩いてるんだか……この子だって、十四になるまでは育ててやったんだから、そろそろ恩を返してくれてもいい頃よ。お金が貯《た》まったら私はこんな町出ていって、今度こそ人生をやり直すつもりなんだから」

聞こえてきた会話にユーリアは愕然《がくぜん》とした。

この体の持ち主は、どうやら十四歳の男の子であるらしい。

その少年は今から実の母親に売られる。睡眠薬を盛られ、未成年を性的対象とする男に弄《もてあそ》ばれようとしているのだ。

逃げてと叫びたいが、当然ながら声にはならない。

代わりに、少年のものらしき思考が流れ込んできた。

（あのスープ――具の肉が傷《いた》んでて、寝る前に洗面所で吐いたやつだ。だから薬が効かずに目が覚めたのか。……けど、この縄は結び方が適当すぎる。母さんは何をやらせても不器用だからな）

ユーリアの視界が閉ざされた。少年が目を閉じて寝たふりをしたのだ。

そうしながら、縛られた手をひそかに動かしている。

肌に縄が擦れる痛みを感じて、ユーリアは戸惑いながらも理解した。

――自分はこの少年と感覚を共有している。

少年のほうは、ユーリアの存在には気づいていない。霊体となったユーリアが、一方的に憑依《ひょうい》している状態とでもいうところか。

原因は不明だが、どうすれば自分の体に戻れるのかわからない以上、成り行きを見守るしかなさそうだった。

「終わったら呼んでちょうだい。気づかれないように後始末をしておくから」

金を受け取った母親が、扉を閉めて出て行く気配がした。

ぎっ……と床の軋《きし》む音とともに、男が近づいてくる。

すでに興奮しているのか、獣のような息遣いに少年が身を硬くした。今の今まで、大人の男に狙われるとは思ってもいなかったのだろうから、怯えるのは当然だ。

それでも、毛布がめくられた瞬間、少年は素早く動いた。

「俺に触るな、変態！」

「ひっ……⁉」

驚いて息を呑む男の喉に、握ったものを突きつける。

それは、枕の下に隠していた飛び出しナイフだった。

酒に酔って暴れる父親を憎みつつ、「いつでも殺せる」と心を落ち着けるために、お守りのように忍ばせていたものだ。

そんな事情も、少年と意識を共有するユーリアにはすべてわかった。

「待て待て待て……落ち着けっ！」

後退《あとずさ》って叫ぶ男は、近所に住む独身の中年男だった。

年端もいかない少女を卑猥な目で見ているという噂があったが、毒牙にかける相手の性別は男でも女でもよかったようだ。

「何もしない！　しないから、そんな物騒なものは捨て、……っ！」

男に対する怒りはあったが、本気で傷つけるつもりはなかった。

だというのに、床に落ちた毛布を踏んで足を滑らせた彼が勝手に倒れ込んできた。ナイフが脇腹を抉る嫌な感覚が伝わり、ぬるりとした生温かい血が手にかかった。

「ぎゃぁああっ……！」

「どうしたの⁉」

男の悲鳴を聞きつけたのか、母親が部屋に飛び込んできた。

ナイフを持って返り血を浴びた息子の姿に、彼女はへなへなとへたり込む。


「あんたが刺したの？　カイル――……」


――カイル。

そう呼ばれてユーリアは唖然《あぜん》とした。

改めて見れば、月明かりに照らされた母親の顔は、自分の知るカイルによく似ていた。

生活に疲れた様子はあったが美しい人で、束ねた銀髪も葡萄色の瞳も、どこにでもあるような組み合わせではなかった。

血に濡れた寝間着姿のまま、少年が彼女に歩み寄る。

蒼白になった母親を見下ろし、感情を押し殺した口調で尋ねた。

「――俺を売ったの？　母さん」

この少年はかつてのカイルだ。

馴染みのない声だったのは、まだ変声期を迎えていなかったからだ。

カイルが十四歳ということは、ここは二十年以上も昔。ユーリアが生まれるよりも前の過去なのだ。

認識した瞬間、ユーリアとしての意識は完全に薄れていく。

カイルの目で周囲を見て、カイルの心で喜怒哀楽を感じる――恵まれない環境に生まれ落ち、信じていたかった最後のものまで失った、無力な少年そのものと化していく。

◆◆◆

「ゆ……許して！　許して、カイル！」

カイルが握ったナイフから目を離さず、母親は泣き叫んだ。

「本当はこんなことしたくなかった！　だけど今月の家賃が払えないと、この家にも住めなくなるの。カイルが食堂の皿洗いで稼ぐお金なんかじゃ、ちっとも足りないの。私がここまで追い詰められたのは、お酒ばっかり飲んでる父さんのせいよ。こんな地獄みたいな暮らしが待ってるなんて、結婚する前は思ってなかった。私だって、あの人に裏切られた被害者なんだから……！」

自分は悪くないと母が主張するのは、いつものことだった。

心身の調子が優《すぐ》れないとぼやき、一日の大半を寝込んで過ごす母親を、カイルは息子として支えなければと思っていた。

だから、本当は通い続けたかった学校も途中でやめて働いた。

母が父に殴られるたびに、体を張って庇ってきた。

けれど母は、そんな自分を捨てるつもりだったのだ。

息子に体を売らせた金を貯めて、今度こそ人生をやり直すのだと。

「っ……——！」

激情に駆られてかざしたナイフを、振り下ろすことはできなかった。

こんな女でも母は母だと躊躇った隙に、彼女が金切り声をあげたからだ。

「誰か来て！　殺される！　お腹を痛めて産んだ我が子に殺されるぅっ……！」

深夜だったが、この騒ぎでは周囲の人々が何事かと覗きにきてしまう。

普段から父親が暴れるせいで、近所の住人は何かあったらすぐに駆けつけてくれるのだ。ろくでなしの夫に苦労する薄幸の妻を演じるのが、母はとても上手《うま》かった。

そのうちの一人と深い仲になり、昼間から関係を持っていることも、カイルは見て見ぬふりをしていた。

子供の自分では埋められない孤独を癒してくれる大人の男が、母には必要なのだと言い聞かせて。——本当は、吐き気がするほど嫌だったけれど。

「あ……ぁ、たす……けて……」

背後からの声にカイルは振り返った。

腹を刺された男はまだ息があるようだったが、このまま死んだら自分は殺人者だ。正当防衛だったと主張しても、なんらかの罪状がつくことは確実だ。

「くそっ……！」

まだ十四歳の少年にとって、警察に引き渡されることは恐怖でしかなかった。

人が集まってくる前に逃げなければと、カイルは衝動的に家を飛び出した。

ナイフしか持たない身ひとつのまま、闇に沈んだ通りを裸足《はだし》で走る。

季節は冬だったが、激情に駆られた体は火の玉のように熱く、心臓の音が耳にうるさかった。

気づいたときには町の外にいて、頭上には茫漠《ぼうばく》とした夜空が広がっていた。まっすぐ伸びる街道をこのまま行けば、追手に捕まえてくれと言っているようなものだ。

道なき道にあえて踏み込み、胸まで伸びた草を掻《か》き分けて進むうちに、裸足の足が踏むのは水気を含んだ泥混じりの土になってきた。湿原が近いのだ。

カイルの育った町はさほど大きくなく、目立った産業もないのだが、渡り鳥の季節になると大勢の観光客が集まるため、どうにかやっていけている。

人を刺した興奮が徐々に引き、ぶるりと震えて寒さを自覚する頃には、カイルは湿原の奥地にまで踏み込み、呆然と立ち尽くしていた。

目の前に広がるのは、この世の深淵《しんえん》のように黒くて大きな沼だ。

無数の蛙が不気味に鳴いているのに、カイルにはひどく静かに感じられた。

守らなければと思っていた母親に裏切られたこと。

人間のクズとしか言えない父親の血を引いていること。

もうあの町には戻れないし、自分の居場所などどこにもないこと――いくつもの絶望が現世への未練を断ち切って、ゆるやかな諦めを連れてくる。

――もう何もかもどうでもいい。

――寂しいのも、虚しいのも、将来を考えて悲観するのもまっぴらだ。

強く握りしめすぎて手の一部と化したようなナイフを、カイルは首筋に押し当てた。

あの男の血がついたままで、せめて汚れを落としてからにしようかと迷ったが、この機を逃せば正気に返って決行できなくなる。

「うぁ……あぁぁああっ――……！」

腹の底から声をあげ、ひと思いに掻っ切ろうとしたときだった。


「駄目です、早まらないで……！」

ばちっと火花を発したナイフを、カイルは取り落とした。

体の力が抜けて尻もちをつけば、寝間着の下半身が沼に浸かる。

下着まで沁《し》みてくる水がひどく不快で冷たくて、風呂に入りたい――と思った瞬間、魔が差したとしかいえない衝動は消えていた。

「ごめんなさい！　とっさだったから、魔力を加減できなくて……！」

カイルを命拾いさせた誰かの声は、頭上から降ってきた。

「何があったか知りませんが、まずは落ち着きましょう？　よかったら、私の家で温かいお茶でもいかがですか？」

「な……え、……あっ……？」

カイルは馬鹿のように口を開けては閉じた。

その夜の月は、欠けたところのない満月だった。

冴《さ》え冴《ざ》えとした青い光を背負った女性が、宙に浮いた箒《ほうき》に跨《また》がり、カイルに手を差し伸べていた。

身に纏っているのはレースをあしらった漆黒のドレスと、同じ色の外套と三角帽子。

まっすぐに伸びた長い髪も黒く、前髪を分けた額は雪のように白く、長い睫《まつげ》毛に縁どられた瞳はくっきりと明るい瑠璃色だった。

年齢は、二十歳を少し過ぎたくらいだろうか。

カイルから見れば充分な大人の女性だったが、向けられた微笑みはあどけなく、世間の垢というものがこびりついていない印象だった。

「あんた、一体……」

謎の女性は帽子のつばを持ち上げ、小鳥のように小首を傾げた。

「私はクレメンティアと申します。世間では【湿地の魔女】と呼ぶ人もいますね」

「……だろうな」

この風体で魔女以外の何かだったら、そっちのほうがびっくりする。

差し出された手を取った瞬間、体にかかる重力がふっと消え失《う》せた。

「うんとこしょーのどっこいしょっ！」

妙ちきりんな掛け声とともに、カイルは彼女の細腕一本で吊り上げられていた。泥だらけなのも相まって、引っこ抜かれた蕪《かぶ》さながらだ。

「落ちないように気をつけてくださいねー」

軽やかに言ったクレメンティアは、馬を走らせるときのように、箒の柄を軽く叩いた。

ぐんぐんと上昇し、遠ざかる地面を見下ろしながら、これは夢だとカイルは思った。

本当の自分はナイフで首を掻っ切っていて、死ぬ間際の夢を見ているのだと。

だって、こんなことはありえない。

思春期特有の妄想だと言われても仕方がない。

これまでに出会った誰よりも美しくて好みの女性が、自分を助けに現れて——その上。

「きゃあああっ！　……やだ、今見ましたか⁉」

唐突に強い風が吹いて、めくれたスカートの中がちらりと覗いて、

（……こんなに黒ずくめなのに、下着だけは白なんだな）

と顔を赤らめる羽目になるなんて。

◆◆◆

夢だ、夢だ――と思い続けていたが、その夢はなかなか醒《さ》めない夢だった。

「あ、さっぱりしましたね。お風呂のお湯は熱くなかったですか？　この家には男の子がいたことがないので、そんな服でごめんなさい」

クレメンティアの住まいだという煉瓦造りの屋敷に到着しても。

魔法で沸かしたという湯が満たされた浴槽に浸かり、冷えた体が温まっても。

借りもののバスローブに身を包み、居間のソファに腰を下ろしても、天国のように心地よい夢が終わる気配はなかった。

「よかったら飲んでくださいね」

手渡されたホットショコラに口をつけ、舌が痺れるような甘さを感じた瞬間、カイルはようやく気づいた。

（俺の妄想じゃ……ない？）

途端にカイルは、この状況に呆然とした。

テーブルを挟んだ向かいには、帽子と外套を脱いだクレメンティアが座っている。

たおやかで無害そうに見えるが、彼女は宙に浮く箒に乗っていた。彼女自身よりも重いだろうカイルを、片手でぶら下げて空を飛んだ。

その気になれば、人の命を奪うことすら造作もないのかもしれない。

「……あんた、ほんとに人間じゃないのか?」

警戒を露わにするカイルに、クレメンティアは曖昧に微笑んだ。

「人間ですよ。ただ、生まれつき魔法が使えるっていうだけで」

「生まれつき?」

「はい。少なくとも、私の両親は普通の人間だったと思います。物心つく前に捨てられたので、断言はできませんけど」

その言葉は、思いがけずカイルの胸を打った。

自分もまさに、実の母から捨てられようとしていたところだったからだ。

「親に捨てられて……あんたはどうしたんだ」

「気づいたときには、おばあちゃんと一緒でした。この屋敷にもともと住んでいたおばあちゃんで、彼女も魔女だったんです」

もう亡くなりましたけど……と、クレメンティアは寂しそうに付け加えた。

その老婆から、クレメンティアは多くのことを学んだ。

神の悪戯《いたずら》か突然変異か、自分たちのように魔力を持つ人間はごく稀に生まれるということ。

異端の存在は世間から迫害されることが多いので、親は必死に子供の存在を隠すか、ひどい場合は捨てたり殺《あや》めたりしてしまうということ。

老婆自身も元は貴族の生まれだったが、彼女の両親が娘を隔離するために、この屋敷を建てたのだという。

成人後は家族からも縁を切られて孤独な生活を続けていたが、自分と似た境遇の捨て子を拾い、情けを出して育てることにしたのだった。

「普通の人間にはなるべく関わっちゃいけないって、おばあちゃんは言っていました。でも私は、おばあちゃん以外の人とも話してみたかった。地下の書庫にある本を読むうちに、外の世界を知りたくなったんです」

その老婆も、今から一年ほど前に寿命を迎えて亡くなった。

恩人を裏切るようで心苦しかったが、彼女を弔ったクレメンティアは初めて湿原の外に出た。近隣の町や村に、どきどきしながら足を踏み入れたのだ。

「たくさんの人がいて、色々なものが売られていて、見ているだけでわくわくしました。ただ、何か素敵なものを見つけても、お金を払わないと手に入れられないでしょう? おばあちゃんが残してくれた財産はありましたけど、それもいつかは底を尽くし、私も『お仕事』をしてみたくなったんです」

そこでクレメンティアは、ほうぼうに張り紙をした。

『お悩み相談承ります。困ったことのある方は、こちらの屋敷までお越しください』

そんな文章と地図を描き、お茶とお菓子を用意して、誰かが訪ねてくるのを待った。

怪しさ満載の張り紙だったが、暇潰し目的の酔狂な輩《やから》や、藁《わら》をもすがる勢いでやってくる者たちがいた。クレメンティアは喜んでもてなし、わずかな報酬と引き換えに、彼らの悩みを魔法で解決してみせた。

訪ねてくる人々の中には、自分より年上で身分の高い人間もいたので、失礼のないようにと、誰にでも敬語で話す癖が身に付いた。

死者を蘇らせてくれだの、憎い相手を呪い殺してくれだのという願いはさすがに叶えられなかったが、お人好しな魔女の噂はじわじわと広まり、今では三日に一人程度の割合で誰かの訪問があるという。

「私の自己紹介はこんな感じなんですけど。差し支えなければ、あなたのお名前を伺っても構いませんか?」

「……カイル」

「あら、いいお名前ですね。常連の依頼人の中に、同じ名前のおじいさんがいらっしゃいます。報酬とは別に、いつも手作りの野菜をくださる優しい方なんですよ」

どうでもいい情報を、クレメンティアは嬉々として語った。

どこか天然で抜けていて、見た目の年齢よりも幼く見えるのは、世間と隔絶されて育ったせいなのかもしれない。

「おじいさんのカイルさんは若い頃、ひどい失恋をしたって言ってました」

明後日の方向へと、話はなおも続いた。

「将来を誓った女性が結婚詐欺師で、全財産を貢がされた挙句に逃げられて、死んでしまおうかとも思ったんですって。それでも歯を食いしばって働くうちに、今の奥さんと出会えて、お子さんにも恵まれて、最近は三人目のお孫さんが生まれたそうです。あのときに死ななくてよかったって、今は心から思うって。頑張って生きてくれた昔の自分に心から感謝したいって」

話の着地点が見えた気がして、カイルは身構えた。

案の定、クレメンティアは励ますように言った。

「カイルだって、いつかきっとそう感じられると思うんです。何があったかは知りませんけど、命を絶とうなんて考えなくても——」

「血の繋がった母親から薬を盛られて、男に体を売らされそうになってもか?」

クレメンティアは虚を衝かれたように息を呑んだ。

あの男に毛布をめくられたときの恐怖が蘇り、カイルは拳を握りしめた。

「怖かった。気持ち悪かった。……だけど、殺す気まではなかったんだ。あいつが勝手に倒れ込んできて、気づいたら血がたくさん出てて……!」

話すほどに感情が昂《たかぶ》り、声が震える。

みっともないとわかっていても止まらなかった。クレメンティアが口を挟まないのをいいことに、カイルは長年の鬱屈《うっくつ》を思う様に吐き出していた。

家にはいつだって金がなく、両親は喧嘩ばかりしていたこと。

父親は酒乱の暴力男で、母親は夫の悪口しか言わなかったこと。

学校に通っていた頃は家庭環境を理由にいじめられ、心を開ける友達もできなかった。

ひそかに憧れていた職業もあったが、日々を食い繋ぐだけで精一杯で、夢を見ることも許されなかった。

（それでも、母さんだけは俺が守らなきゃと思ってたのに……）

ごくたまに機嫌がいいとき、母は蕩けるように笑って幼いカイルを抱きしめた。

『大好きよ。カイルは母さんの大事な子』

その一方で、普段は話しかける息子を無視したり、感情的に怒鳴って殴った挙句、

『これは躾《しつけ》なの。カイルをいい子にしてあげるための愛の鞭なの。あんたが憎くてしてるわけじゃないんだからね』

ともっともらしい言い訳を並べて、自身の八つ当たりを正当化した。

だからカイルは、母から愛されているのだと信じていた。

体がだるいからと家事のすべてを押しつけられても、間男との情事の最中は家から閉め出されても、愛されているはずだと何度も自分に言い聞かせた。

『私にはもうカイルしかいないの。カイルだけは私の味方よね？』

過去を悔いる愚痴や繰《く》り言が始まれば、どれだけ眠い夜でも聞いてやったし、

『母さんは何も悪くないよ』

と何百回と繰り返した。

自分よりも弱いこの人を見捨てるわけにはいかない――そう思って寄り添い続けていたのに、母はあっけなくカイルを売った。

弱者のふりをして同情を引き、他人を都合よく操作する、狡猾《こうかつ》で強《したた》かな女だった。

本当にショックだったのは、母の本性に気づいたことよりも、偽りの愛情を信じていた自分の愚かさなのかもしれなかった。

「……どうせ捨てるんなら、それこそ赤ん坊の頃に捨ててほしかった」

カイルは捨て鉢に呟いた。

実際にそうされたクレメンティアの前で口にするには、無神経な発言だ。

それでも、カイルは彼女のことが羨ましかった。

なかったはずの愛があると洗脳されるくらいなら――この期《ご》に及んでも、母にも事情があったのだと庇いたくなるくらいなら――最初から、家族の絆《きずな》を断ってくれたほうが楽でいられた気がする。

酔ってくだを巻くように、そんなことを話していると。

「だったら、私とここで暮らしませんか？」

ずっと黙っていたクレメンティアがそう言った。

「二階には部屋がたくさん余ってますし、私も一人になって寂しかったですし、カイルとなら仲良くできると思うんです」

「……は？」

冗談だろう——と言いかけて、カイルは口を噤《つぐ》んだ。

思いつきや気まぐれで提案しているわけではないことは、クレメンティアの表情を見ればすぐにわかった。

「血の繋がりがなくても、私とおばあちゃんは家族でした。私もそんなふうに、カイルの新しい家族になれるかもしれません。なんなら、私のことはおばあちゃんって呼んでくれてもいいですし」

「それは無理があるな⁉」

かろうじて、そう突っ込むだけの理性は残っていた。肌にシミも皺《しわ》もなければ、腰が曲がっているわけでもないクレメンティアを、そんなふうに呼べるわけがない。

——そうだ、年齢といえば。

「そもそも、あんたは何歳なんだ？」

「二十二歳くらいだと思います。多分」

「捨て子だったので、正確な誕生日がわからないんです。おばあちゃんに拾われた時点で一歳にはなってなかったと思うので、そこから数えて大体ってことです。そういうカイルはおいくつですか？」

「……十四歳だ」

答える声は我ながら悔しそうだった。

クレメンティアが二十二歳なら、自分は八歳も年下だ。

ただの子供にしか思われないだろうと拗ねた気持ちになったところで、カイルは気づいた。

――自分は、この世間知らずでお人好しな魔女に惹かれているのだ。

（俺は馬鹿か？　どう考えたってそんな場合じゃないだろう）

己の呑気さに苛立《いらだ》ち、カイルは頬を赤らめた。

行くあてもなければ、一人で自活できるほど大人でもない。

そんな状態で八歳も年上の女性を好きになるだなんて、話にならない。絶対に叶うわけのない初恋だ。

（でも……俺が何もできない子供だからこそ、クレメンティアは一緒に暮らそうって言ってくれてるんだよな）

安心して寝起きできる場所を与えられることは、素直にありがたかった。

問題は、この下心に気づかれず、彼女のそばにいられるかということで——。

「迷ってますか？　ならとりあえず、一ヶ月だけ試しに住んでみるのはどうですか？」

とりあえず、の言葉に心が揺れた。

頷いたつもりはないのだが、クレメンティアは心を読んだように、

「決まりですね！」

と手を叩いて笑った。

そうして始まった同居生活は、やはり夢ではないかと思うほど満ち足りていた。

カイルには二階の個室が与えられ、地下の書庫にある本はなんでも読んでよいと言われた。もともと学校の勉強は嫌いではなかったので、毎日のように読書に没頭した。

街に出かけていったクレメンティアは、カイルのための服や、生活に必要なものを山ほど買って帰ってきた。ついでに、よく熟れた食べ頃の葡萄も。

「カイルの目って、よく見るとこの葡萄と同じ色なんですね」

白い指先で摘んだ葡萄の粒を、彼女はカイルの顔の横にかざした。

「すごく綺麗な色……私、果物の中では葡萄が一番好きなんです。これからはカイルの目を見るたびに、葡萄が食べたくなって困っちゃうかも」

笑いながらそんなことを言って、艶《つや》やかな唇に葡萄を含むものだから、カイルはどうしようもなくどぎまぎした。

悩み相談にやってくる依頼人がいると、カイルは気配を殺して自室にこもった。

例の男を殺してしまったかもしれない以上、知り合いに遭遇することや、魔女のもとに見知らぬ少年がいると噂になることを警戒したのだ。

そんなカイルを、クレメンティアはよく散歩に誘った。夜の湿原は恐ろしい印象だったが、昼間は光のきらめく湖沼でボート遊びをすることもできた。

ボートの速度をあげるとクレメンティアが無邪気にはしゃぐものだから、頼りがいのあるところを見せようと、カイルは夢中で櫂《かい》を漕《こ》いだ。翌日は両腕が筋肉痛で動かせなかったが、あの笑顔に比べれば安いものだ。

なお、クレメンティアはカイルの手前、魔法で楽ばかりするのはよくないと思い直したのか、家事はできるだけ手作業でやることに決めたようだった。

しかし慣れないため、ニンジンは泥がついたまま切ろうとするし、ハタキは下から上にかけようとする。

見かねたカイルが手本を示してやると、「カイルってばすごいんですね……！」と新大陸を発見した人を見るような目で讃《たた》えられた。

二人並んで厨房に立ち、出来上がった料理を一緒に食べる時間が、カイルには何よりも幸せだった。

クレメンティアは他愛《たあい》もないことでころころと笑うし、無理難題をふっかけてくる依頼人がいても、「困っちゃいましたね」と苦笑するくらいで、決して人を悪く言わない。

非の打ちどころがないかと思えば、たまに子供のように強情なところもあった。

たとえば、育ての老婆に教えてもらったというチェスをするとき。

カイルは初心者だったが、先の展開を読む能力に意外にも長《た》けていたらしい。瞬く間に上達してクレメンティアを負かすようになると、悔しがった彼女は「もう一回やりましょう！」と勝てるまで勝負を挑んでくる。

頬を紅潮させて食い下がる様子は、年上だとは思えないほど大人げなくて可愛かった。

クレメンティアには悪いが、その表情見たさに研究を重ねたものだから、カイルはますます強くなり、彼女はいっそうむくれるという寸法だ。

その夜も、二人は居間のソファに並んで座り、チェスの対戦をしていた。

十回勝負のうち、結果はカイルの八勝二敗。クレメンティアは案の定、「あと一回だけ！」と駄々《だだ》をこねたが、カイルは首を横に振った。

今夜は大事な話をすると決めていたのだ。

「クレメンティア」

隣に座った彼女に呼びかけると、彼女はぱちくりと瞬きした。

「……今、私の名前を呼びました？」

これまでカイルは、クレメンティアのことを「あんた」としか呼ばなかった。

「なぁ」だの「おい」だのと声をかけることはあっても、なんとなく気恥ずかしくて、名前で呼ぶことができなかった。

だが今夜は、気後れしている場合ではないから。

「俺がこの屋敷に来て、今日でひと月が経つよな」

「もうそんなになりますか？」

クレメンティアが驚くとおり、あっという間の一ヶ月だった。

楽しくて、充実していて、他人と暮らしているというのに、不快な思いをさせられることが一切ない日々だった。

「もしかして、ここを出ていくつもりですか？」

寂しそうなその表情を見られただけで、カイルの胸は詰まった。

疑似家族として、クレメンティアが自分を好ましく思ってくれていることは充分に伝わった。

けれどこちらは、それだけでは満足できないのだ。

「迷惑じゃないなら、俺はこれからもここにいたい」

それを聞いて、クレメンティアはぱっと顔を輝かせた。

「迷惑なわけないじゃないですか！　遠慮なんてしないで、ずっといてくれれば」

「俺がクレメンティアのことを好きでもか？」

少しでも躊躇えば、切り出せなくなってしまうと思ったから。

間髪を容《い》れずに尋ねると、クレメンティアはあからさまにぽかんとした。

「クレメンティアが好きだ」

いまいち呑み込めていない風情の彼女に、カイルは噛んで含めるように繰り返した。

「節操がないと思われるだろうけど、出会った夜からもう好きだった。そういう俺をそばに置いて、そっちは平気なのか？　俺はあわよくばクレメンティアにキスしたいし、それ以上のこともしたいって思ってるのに」

それは捨て身の告白だった。

余計なことを言わず、純粋な子供のふりをしていれば、クレメンティアはこれからも一緒にいてくれるだろう。

けれど、自分はその間ずっと彼女に焦がれ続ける。恋心だけでなく、下心だって普通にある。

それを隠してそばにいるのは卑怯《ひきょう》だと思った。

告白がきっかけで出ていけと言われるにしても、これはカイルなりのけじめなのだ。

手のうちを全部晒して、あとはクレメンティアの判断を待つだけだった。

「あの……ええと、どうしよう……こんなこと言われるのは初めてで……」

クレメンティアの顔のみならず首までが、茹《ゆ》だったように赤くなる。

頬を押さえておろおろする姿は、カイルから見ても大丈夫かと思うほどに初心《うぶ》だった。自分の心を整理するためか、敬語も忘れてぶつぶつと呟いている。

「え、でも、嫌じゃない……嬉しい……のかな？　いや……だけど、やっぱり駄目よね？　八歳も年下の未成年とどうこうなったら、私、犯罪者って呼ばれちゃう……」

驚くことに、まったくの脈なしというわけではなさそうだった。

心に希望の光が差して、カイルは身を乗り出した。

「犯罪じゃなければいいのか？　成人年齢の十八歳になれば、俺と付き合ってくれるのか？」

「だ……だからって、歳の差は縮まりませんし！　カイルが十八歳になったら、私はもう二十六歳なんですよ？」

「問題ないだろ。子供だってまだ充分産める」

「こっ……子供⁉　カイルったら、まさか子供の作り方まで」

「知ってるに決まってるだろ。キス以上のことって言ったら、それしかない」

クレメンティアはソファの端まで一気に後ずさった。

赤かった顔がみるみる青くなり、怯えさせたと気づいたカイルは、調子に乗り過ぎたことを反省した。

「ごめん。別に、今すぐどうこうって話じゃなくて……ただ、この先も一緒に暮らすなら、気持ちを伝えておこうと思ったんだ。じゃないと、クレメンティアも自衛ができなくなるだろ」

「え……ええ……カイルのそういうところは、大変にあらまほしく存じます」

緊張が抜けないのか、クレメンティアの口調はいささかおかしくなっている。

そんな混乱ぶりも含めて、やはりカイルは彼女を好きだと思った。

愛おしくて抱きしめたくなるが、まずは信用を得なければと、断腸の思いで誓いを立てる。

「俺が成人するまで変なことはしない。約束を破ったら、その場で追い出してくれていい。だから、俺に猶予をくれないか？　そのうち仕事も見つけるし、四年経ってもクレメンティアが俺を男として見られないなら、そのときは潔く諦める」

伝えるだけのことを伝えてしまうと、もう言うことはなかった。

恥じらいと戸惑いが入り混じった様子で、クレメンティアが恐る恐る問いかけた。

「四年間は、絶対に何もしないんですね？」

「しない。だけど、できればあんまり可愛いところを見せないでほしい。我慢するのが大変になるから」

「べっ……別に、私は可愛くなんか……！」

「そういうところだよ。いちいち純粋すぎて心配になる」

「子供のくせに、大人をからかわないでください！」

「大人のくせに、子供のいうことを真に受けるなって」

切り返すたび、クレメンティアの頬に再び赤みが差していく。

はくはくと開閉する桜桃色の唇を見ていたら、カイルの喉はごくりと鳴り、つい尋ねてしまっていた。

「変なことはしないけど——キスだけでも駄目か？」

「そんなのまだ早すぎます！」

悲鳴じみた声をあげ、クレメンティアは魔法を使って煙のように消えてしまった。

カイルはソファの背にもたれ、天井を仰いだ。

「……そりゃそうだ」

キスするのに早いのは、自分ではない。クレメンティアだ。

色事への耐性に関して彼女は赤子同然で、成長を待ってやらねばならないのは、むしろカイルのほうだった。

「でも、まぁ……『早すぎる』ってだけで、嫌だって言われたわけじゃないもんな」

今後の努力次第で、クレメンティアを振り向かせることは不可能ではないと信じたかった。

そこからのカイルは、彼女と共に生きる道を模索した。

何をおいても優先すべきは、稼ぐ手段を得ることだ。

クレメンティアの「お悩み相談」で得られる金銭はわずかだし、惚《ほ》れた女性に養われっぱなしでいられるほど図太い神経はしていない。

そんなカイルには、人よりも得意なことがあった。それが絵を描くことだ。

まだ学校に通っていた頃、図画の教師がカイルの絵を見て、『君なら本職の画家になれるかもしれない』と言ってくれた。

カイル自身も描くことは好きだったし、仕事にできたらと夢想したが、両親から鼻で笑われたので諦めた。

その話をクレメンティアにすると、

「好きなことがあるならやってみればいいじゃないですか」

とあっさり言って、油彩の道具を揃えてくれた。

まずは自分の肖像画を描いてほしいというので応えると、出来上がった絵を気に入って、さっそく自室の壁に飾っていた。

「すごく上手だけど、美化しすぎですよね。私、こんなに綺麗じゃありません」

はにかむクレメンティアこそ、己の魅力に無頓着すぎるとしか思えなかった。カイル自身は、彼女の魅力を半分も表現できなかったと歯痒《はがゆ》い想いをしていたのに。

クレメンティア以外の人物は描く気にならなかったので、カイルはひたすらに湿原の風景を模写した。作品が溜《た》まると街に出かけ、路傍に並べてみると、そのほとんどに買い手がついた。

やがて画商と契約を結ぶと、絵の値段はさらに上がった。自分たちが食べていけるだけの収入を得るまで、二年ほどしかかからなかった。

そのときのカイルは十六歳。

誓いのとおり、クレメンティアとはキスすらしていなかったが、彼女が気を許してくれていることは日増しに感じられた。

一方のカイルは、クレメンティアの近くにいすぎると触れたくなるから、夜は早々に自室にこもったり、つっけんどんな態度を取ったりしてしまうこともあった。

「これがいわゆる反抗期ですね……」とクレメンティアは寂しがっていたが、「あんたにムラムラするからだ」とは言えるわけもなかった。

その頃のカイルは変声期も終え、急激に背が伸びて、クレメンティアのつむじを見下ろせるようになっていた。

この体格差なら、華奢《きゃしゃ》な彼女を押し倒すことなど簡単だ。いざとなれば魔法で抵抗できるだろうが、一時の衝動に任せて怖い思いをさせたくない。

（あと二年だ。十八歳になったら、クレメンティアの恋人になれるかもしれない）

それを頼みに、カイルは己を律し続けた。

本格的に絵を描き始めて間もない頃、スケッチのために湿原に向かったカイルは、沼の畔《ほとり》に落ちているナイフを見つけた。

自分を襲おうとした男を刺した、例の飛び出しナイフだ。

苦い思い出が蘇るが、これのおかげでカイルの身は守られた。このナイフで自害しようとしたからこそ、クレメンティアとも出会えたのだ。

生まれた町には、あれから一度も帰っていなかった。

風の噂によれば、カイルが刺した男は間一髪で命を取り留めたらしい。

殺人者にならずにすんだことにはほっとしたが、母親はとっくにあの町を出ていき、残された父も酒の飲み過ぎで死んだと聞けば、戻る理由はひとつもなかった。

刃の一部が錆《さ》びたナイフを、カイルはポケットに入れて持ち帰った。

長い間、これは自分のお守りだった。

誰かを刺すだの、自分を殺すだのという物騒な目的ではなく、これからは鉛筆や木炭を削るために使えばいい。

——そう、心に決めたはずだったのに。

◆◆◆

「サイードって魔法使いを知ってるか?」

その日、画商に絵を預けに出かけたカイルは、帰ってくるなりそう尋ねた。

いつかのようにホットショコラを用意していたクレメンティアは、覚えがないというように首を傾げた。

「サイード?　誰のことですか?」

「画商から聞いたんだ。最近、そういう名前の魔法使いが街に現れて悪さをしてるって」

その魔法使いは、二十代半ばほどの長身の男らしい。

異国の生まれなのか、赤みがかった髪にはターバンを巻き、浅黒い肌に映《は》える金色の瞳をしているそうだ。

大変な女好きで、娼館という娼館を渡り歩くのみならず、身分のある既婚女性を誑《たぶら》かしたり、結婚間近の娘を攫《さら》って手籠《てご》めにしたりと、放蕩《ほうとう》の限りを尽くしているという。

魔法や媚薬によるものか、サイードの毒牙にかかった女性は精神を崩壊させられて、常に男を求める淫らな体質に変化してしまうということだった。

「なんという不埒《ふらち》者でしょうか」

話を聞くと、クレメンティアは珍しく怒りをあらわにした。

「媚薬は、私も頼まれて作ることがありますけど、正式な夫婦からの依頼しか受けてませんよ。飲み過ぎると危険ですから、一回分ずつしか渡しませんし」

「媚薬なんて作れるのか?」

「おばあちゃんから、魔法薬の作り方はひと通り教わりましたから。子供が欲しくても旦那さんの体に問題があってうまくいかないとか、単純にマンネリだとか、真剣に悩んでる夫婦はたくさんいるんです」

色事の経験がなくとも、そこは人助けと割り切って調薬してきたようだ。

部屋には今も媚薬の在庫があると聞き、カイルはなんとなくそわそわした。

「サイードっていいましたね?　同じ魔法使いだからこそ許せません。私、こう見えて強いんですよ。絶対にこらしめてやりますから、首を洗って待ってなさい！」

クレメンティアが威勢よく宣言したときだった。


「へぇ。どんなふうにこらしめてくれるって？」


どこからともなく、からかうような声が響いた。

一瞬後、見知らぬ男がソファに座るクレメンティアを見下ろしていた。

吊り上がった金色の狐目《きつねめ》に、ホットショコラを薄めたような色の肌。

彫りの深い目鼻立ちに、にやりと笑う口元から覗く犬歯。

短く刈った赤毛には鮮やかな孔雀《くじゃく》色のターバンを巻き、同じ色の腰布を纏う姿は、画商から聞いた魔法使いの出で立ちそのものだった。

カイルはとっさにズボンのポケットを探った。

沼で拾った飛び出しナイフは、あれ以来常にそこにあった。

「あなたがサイードですね」

カイルが身構える一方で、クレメンティアは意外にも動じなかった。

『こう見えて強い』と言ったのは事実なのか、無礼を働かれても品位を保つ女王のごとく、背筋をまっすぐに伸ばしている。

「そっちから会いにくる手間を省いてやったんだよ。君の噂は僕も耳にしたからさ」

左右の掌《てのひら》を天に向け、サイードは歌うように言った。

「【湿地の魔女】クレメンティア。ほとんどタダみたいな対価で、人々の願いを叶えてやるお人好し。こうして向き合ってるだけでわかるよ。君くらい強い魔力の持ち主なら、どんな贅沢《ぜいたく》も思いのまま。一国を支配することだってできるのに、どうしてこんな僻地《へきち》に引きこもって満足してるのさ？」

「私はこの国に生まれた魔女ですから」

招かれざる客に対し、クレメンティアは毅然《きぜん》と告げた。

「自分にできる限りの範囲で、ルディキアの人々を守りたいと思っています。あなたがこれ以上傍若無人な振る舞いを続けるなら、私も相応の手段でもって」

「なら、君が僕の女になれよ」

あまりにも気軽に切り出され、クレメンティアは絶句した。

「君の顔、正直ものすごく好みでさ。クレメンティアが僕のものになってくれるなら、他の女への手出しは今すぐやめる。魔女と魔法使いの間に生まれる子なら、魔力を持つ可能性も高いだろうし」

「私があなたの子供を？　ありえませ――」

「まぁ聞きなって」

サイードは片手を突き出し、クレメンティアを黙らせた。

「今の世の中、僕たちは不当に差別されてる。妙な力を持つ化け物だって恐れられて、親にも捨てられる始末だ。だったら、そのとおりの脅威になって何が悪い？　お金だって食べ物だって、与えられなかったものを奪い返すだけだ。欲しいものは力ずくで手に入れる。それだけの力が僕たちにはある。――だけど、家族だけはそうはいかない」

サイードは皮肉っぽく微笑んだ。

「人は僕たちを裏切る。同じ境遇の相手としか信頼なんて築けない。クレメンティアだって、仲間がいないのは寂しいだろ？　これからは僕がずっとそばにいる。唯一無二の理解者になって、慰めてやろうって言ってるんだよ。何も損はしない話じゃないか？」

「……ふざけるな」

気づけば低い声が洩れていた。

サイードはそこで初めて、カイルの存在に気づいたようだ。

「君は誰？　ここの小間使い？」

「俺はクレメンティアの家族だ」

ここで「恋人だ」と言い切ってやれたなら、どれほどよかっただろう。

そこまで堂々とはできないが、少なくともクレメンティアには身内だとみなされている。それくらいの自信はあった。

「魔法使い同士じゃなくたって信頼はし合える。何があったって、俺はクレメンティアを守るし裏切らない」

きっとクレメンティアにも、魔女である故の孤独や悩みはあるのだろう。

それを解消できるのは自分ではないかもしれないが、かといってサイードでもない。

たとえ同じ魔法使いでも、自分の欲望のために他人を平気で踏みつけにする彼を、クレメンティアが頼りにするわけがなかった。

「今すぐ出て行け。この屋敷からじゃなくて、この国からだ」

「うるさいなぁ、まったく」

サイードは芝居がかった仕種で肩をすくめた。

「君はクレメンティアに惚れてるんだろ？　あいにく、全然相手にされてないみたいだけど。彼女のいやらしい姿を想像して、夜な夜な自分を慰めちゃったりしてるわけ？」

「黙れ……！」

思わず摑みかかったのは、図星を突かれたからではない。

逆だ。

どれほど悶々《もんもん》とする夜があっても、クレメンティアを思いながらそんな行為をしたことはなかった。想像の中だけでも穢《けが》すことができないくらい、彼女は神聖な存在だったから。

そこまで大切にしてきたクレメンティアに、万が一にも誤解をされたくなかった。それより以前に、下品な言葉が彼女の耳に入ること自体が耐え難かった。

「だからうるさいって。ガキは指でもしゃぶって見てなよ」

サイードが邪険に言うなり、カイルは硬いものにがしゃん！　と額をぶつけた。

痛む場所を押さえて周囲を見れば、鉄格子を組んだ檻《おり》の中に閉じ込められていた。人一人立つのが精一杯の、身じろぎもろくにできない狭い檻だ。

「カイル！」

焦って腰を浮かしたクレメンティアを、サイードが「おっと」とソファに押し倒す。

「いいよねぇ、こういうのも」

舌なめずりをしたサイードが、クレメンティアの胸を鷲掴みにした。あまりのことに頭が真っ白になったのか、クレメンティアは悲鳴もあげられずに硬直している。

「君に惚れてるガキの前で、見せつけながら犯すってのは。ちなみに、クレメンティアは処女なのかな？　だったら余計に楽しめるね。僕が一から仕込んであげるから、安心して」

「やめろ……！」

鉄格子を揺さぶって叫んだ瞬間、カイルの首に冷たい何かが絡んだ。

ぎょっとして見下ろせば、先の割れた舌をちろちろと覗かせる黒い蛇と目が合った。

ひんやりした感触が肌を滑ったと思ったら、出し抜けに首を絞められる。たちまち呼吸ができなくなり、脳に酸素が届かなくなって朦朧《もうろう》とした。

「カイルには何もしないで！」

クレメンティアがようやく声をあげた。

敬語を忘れているのは、こんな男に気を遣う必要がないと判断したのか、それだけ無我夢中なのか。

「私のことは好きにすればいいわ。だから、カイルにだけは手を出さないで……！」

「お利口さんだね」

サイードが笑うと同時に、蛇の絞めつけが緩んだ。しゃがみ込むこともできない狭さの檻にすがって、カイルは激しく咳き込んだ。

それを境に、クレメンティアは完全な無抵抗になった。

サイードに胸を揉まれても、首筋に舌を這わされても、人形のように目をつぶって耐えていた。その全身が震えているのを見る限り、恐怖も嫌悪も感じていないはずはないのに。

「何やってるんだ！　俺のことなんかいいから、抵抗してくれ……！」

こんな生き地獄があるだろうか。

カイルが触れたいと渇望してきた柔肌を、サイードは目の前で無遠慮に暴いていった。

ドレスのスカートがめくられ、剝《は》ぎ取《と》られた下着が床に落ちる。白い腿《もも》の狭間《はざま》に手を差し入れられて、クレメンティアの顔が苦悶《くもん》に歪んだ。

「ちっとも濡れてないなぁ。処女にしたって、少しは気分出してほしいよね」

「っ、ん……！」

サイードが乱暴に手を動かすと、クレメンティアは唇を噛み締めた。

愛する女性が蹂躙《じゅうりん》される光景など見たくもないのに、目を逸らすこともできなかった。

「クレメンティア……っ！」

内側から殴りつけ、蹴りつけても、頑丈な檻はびくともしない。

喉が嗄《か》れるほどに喚き、焦燥が頂点に達したところで、逆にふっと冷静になった。

（なんだ――単純な話じゃないか）

カイルを人質に取られているから、クレメンティアは抵抗できない。

ならば、自分がいなくなればいい。

彼女の足枷となり、あんな悪党に好きにさせるくらいなら、そのほうがよほどいい。

どうせクレメンティアに救ってもらわなければ、二年前に自ら絶っていた命だ。

恋人にはなれなかったが、自分は幸せな時間を過ごした。血の繋がった親にすら与えてもらえなかった無償の愛情を、彼女から充分に受け取った。

願わくば、そのいくばくかでも返せていればよかったのだが。

「今までありがとう、クレメンティア」

静かな訣別《けつべつ》の声に、クレメンティアがはっと目を開けた。

カイルはズボンのポケットに手を入れ、ナイフを取り出した。

二年前と違い、腕が強張って震えることもない。

そこに絡んだ蛇ごと、カイルはひと思いに己の首を掻き切った。

体を両断されてびろびろと跳ねる蛇の上に、噴き出した鮮血が滝のように滴った。

「カイル……――！」

霞んでゆく視界の中で、クレメンティアがサイードを突き飛ばした。

その掌《てのひら》から生じた青い火球が、一瞬にして彼を呑み込む。全身を焼き尽くされたサイードは断末魔すらあげられず、骨も残らぬ灰と化す。

（ああ……ほんとに強い魔女だったんだな……）

術者の死とともに檻が消失し、カイルはその場に倒れた。

駆け寄ってきたクレメンティアが膝をつき、首の傷に手をかざした。

「なんてことをするんですか！　絶対に助けますからね……！」

もう目は見えないし、耳もろくに聞こえない。

それでもクレメンティアが魔力を注ぎ、救命しようとしているのは感じられた。傷そのものは塞がったようだが、大量の失血のせいで全身がひどく寒かった。

「どうしよう……血は止まったけど、生命力が薄れてる……このままじゃ、もう……っ」

頬にぱたぱたと涙が落ちて、嗚咽《おえつ》混じりの声がする。

自分の前で、クレメンティアがそんなふうに泣くのは初めてだった。

（泣かないでくれ……俺は、何も後悔してないから……）

悲しませて申し訳ない気持ちと、自分のために泣いてくれるのが嬉しいという、相反した感情を覚える一方で。

（せめて、キスくらいはしてみたかったな――……）

思った瞬間、願望どおりに柔らかな感触が唇に重なった。

驚きのあまり、弾かれたように瞼が開く。涙で顔をぐしゃぐしゃにしたクレメンティアが、声を震わせて微笑んだ。

「よかった……目を開けてくれましたね……！」

「……メ……ティア」

「喋らないで。じっとしていてください。あなたはもう死んでてもおかしくないんです」

再び唇を塞がれて、髪の先から爪先までが陶然とした。

その後に起こったことは、死に際の脳が見せる幻覚かと思いきや、現実だった。

いたたまれない様子で謝りながら、クレメンティアが自分の上に跨って。

節操もなく隆起したカイルのものを、温かな場所に迎え入れてくれて。

わけもわからず初体験を終え、快感の渦に呑まれる中、カイルは切れ切れの声を聞いた。

――これは魔女の禁術だとか。

――カイルの命を救うためには、他に方法がないからだとか。

唐突に始まった情交は、唐突に終わった。

我慢ならずに精を放ったあと、カイルはしばらく意識を飛ばしていたらしい。

我に返ると、クレメンティアがぐったりと隣りに横たわっていた。

自分にとっても初めてだったが、彼女もそうだったのだろう。

目を閉じて眠るクレメンティアは、口元に淡い笑みを浮かべていた。なんらかの事情があるにせよ、カイルとこうなるのは嫌ではなかったということか。

喜びと照れ臭さが込み上げて、カイルは彼女の肩を揺すった。

予想した反応は何もなかった。

彼女が目を開けることはなく、恥ずかしそうにはにかむこともなく、カイルの名を呼ぶことも二度となく――もはや、呼吸そのものをしていなかった。

「……嘘だろ……？」

受け入れがたい現実に、カイルは呆然とした。

何故こんなことになったのかを必死に考え、彼女の言葉を思い出した。


『――私のすべてをあなたにあげます』

すべてとは、もしや彼女の寿命のことか。

カイルを生かすため、生涯に一度だけ使える魔女の禁術とやらを施して——体を交わすことによって、命を譲り渡してくれたのか。

だから、こんなに満足そうな笑みを浮かべたまま——……。

「馬鹿か……！」

腹の底からカイルは叫んだ。

自分がしたことはクレメンティアを助けるためだったのに、肝心の彼女が死んでしまっては、本末転倒にもほどがある。

そこまで考えてカイルは呻いた。

「違う……馬鹿なのは、俺だ……」

これまでのカイルは、自分を粗末にすることに慣れ過ぎていた。

父も母も、我が子よりも己の欲望を優先した。パンが一つあれば父が食べ、二つあれば母が食べ、三つ目があればやっとカイルに回ってくるが、それすら気分次第で取り上げられる。

そんな環境で育てば、自分には生きる価値がないのだと自然に思わされてしまう。

けれどクレメンティアは、あの両親とは違うのだ。

カイルが彼女を大切にしたいように、彼女もカイルを大切に思ってくれていた。

自分はどうなっても相手には生きてほしいと互いに願い合った結果が、これだ。

——愛されていた。

自分はきっと、クレメンティアに愛されていた。異性としてか家族としてかはともかく、命を投げ出して救うことに後悔がないくらいには。

冷たくなっていくクレメンティアを抱きしめ、カイルは慟哭《どうこく》した。

今すぐ彼女の後を追いたいが、クレメンティアにもらった命だと思うと今度こそ粗末には扱えない。生きる意味も目的も奪われたのに、死ぬことだけは許されない。

このときからカイルは囚人となった。

鎖も枷もないが、深い絶望の檻に閉じ込められて、何年も引きこもって暮らした。

クレメンティアから譲り受けたのは命だけではなかった。

それに気づいたのは、彼女の遺体を埋葬した数日後。

憔悴《しょうすい》して横たわるカイルの腹が、くぅっ……と情けない音を立てた。

生きたくなどないのに、体は勝手に食べ物を求める。眠りながらも泣き続けていたせいで、気づけば喉もからからだ。

せめて水分だけでもとらなければと、本能で思ったときだった。

水の入ったコップが目の前に浮いていた。

ぎょっとするカイルの口元に、コップは独りでに寄り添った。喉を潤す水は本物で、カイルの死をわずかに遠ざけた。

似たようなことはその後も続いた。

何かを食べたいと思えば、厨房の器具が勝手に調理を始め、風呂に入りたいと思えば、何もせずとも浴槽に湯が沸いていた。

自分はクレメンティアの命のみならず、魔力までも受け継いだ――世間からは、魔法使いと呼ばれる存在になったのだ。

わかったところで、何をしようという気にもならなかった。クレメンティアのように他人の悩みを解決してやるほどお人好しにはなれないし、誰とも顔を合わせたくない。

人嫌いだったという「おばあちゃん」に倣《なら》い、カイルは屋敷の門を茨で閉ざした。

しばらくは【湿地の魔女】を求めてくる人々もいたが、無視を決め込んでいるうちに、誰も訪れることはなくなった。

――一年が経ち、二年が経ち、三年が経った。

心は抜け殻のままだったが、積極的に死を願う衝動は麻痺《まひ》した。栄養不足で倒れない程度には何かを食べ、睡眠薬に頼って眠り、一日一日をかろうじてやり過ごした。

――四年が経ち、五年が経ち、六年が経った。

退屈に倦《う》むという感覚が戻ってきて、カイルは地下の書庫で黙々と本の頁《ページ》を繰った。新たな知識を詰め込んでいる間だけは、余計なことを考えずにすんだからだ。

――七年が経ち、八年が経ち、九年が経った。

クレメンティアに褒められたことを思い出し、気が向いたときだけ絵筆をとるようになった。

以前より腕は鈍っていたが、孤独も後悔も絵具とともに塗り重ねることで、少しずつ薄らいでいくようだった。

その頃のカイルは二十五歳になっていた。

クレメンティアの享年が二十四だったから、すでに彼女の歳を追い越したのだ。

この九年の間にカイルの身長はさらに伸び、顔からも幼さが削《そ》げていた。

今の姿をクレメンティアに見てほしかったし、三十歳を超えた彼女にも会ってみたかった。

それとは逆に、出会う前のクレメンティアを見てみたかったという気持ちもあった。

幼い頃のクレメンティアは、自分が知る以上に天真爛漫で、息もできないほどに愛くるしかったのではないか――そんな想像をしてふっと微笑むくらいには、亡き人を素直に悼めるようになっていた。

時間薬という言葉のとおり、時は感情を風化させ、生々しい傷をも癒していく。

この先も自分はクレメンティアだけを想い、一度きりの恋に殉じて死んでいくのだろう。

そう穏やかに思えるようになれた、ある秋のことだった。

暖炉前の椅子に座り、本を読んでいたカイルは、ぱんっ！　と薪《まき》が爆《は》ぜると共に、炎が青く染まるのを見た。

正確には、それは青というより瑠璃色だった。

懐かしいクレメンティアの瞳の色だ。

途端に胸騒ぎを覚え、魔力で五感を研ぎ澄ませると、悲痛な声が聞こえた。

──お願い、誰か……誰か来て……──!


年端もいかない子供の声だ。

放ってはおけないと焦り、気配に導かれて空間を渡った先は、日暮れた沼地だった。

声の主は、小さな手を水面から突き出してもがいていた。その手もすぐに沼に沈み、あっという間に静かになった。

カイルは夢中で魔法を使い、溺れた「誰か」を引き上げた。

宙に浮かび上がったのは、全身から泥水を滴らせた少女だった。

その顔を見た瞬間、呼吸が止まるかと思った。

ぐっしょりと濡れた黒髪は、額の真ん中で分けられている。

ぱちぱちとせわしなく瞬く瞳は、見覚えのある瑠璃色だった。

何よりもその顔立ちが──魂の形や輝きまでもが、少女はクレメンティアそのものだった。

魔法使いとなったカイルには一目でわかった。

この少女はクレメンティアの生まれ変わりだ。

耳の奥で、かつて告げられた最後の言葉がリフレインする。

『だから、どうかあなたは生きて……いつかまた出会えたら、そのときこそ……――』

(――いた)

ここにいた。

出会えた。

また会えた。

身震いするほどの喜びに打たれながら、カイルはようやく気づいた。

自分が佇むこの沼が、クレメンティアと初めて出会った場所だったことに。

第五章　前世の記憶を取り戻したら、たちまち溺愛が始まりました

「ん……」

長い夢からの目覚めに、ユーリアは小さく呻いた。

あたりを満たしているのは、白々とした柔らかい光だ。天窓から降り注ぐ朝日だとわかって、ユーリアは瞬きした。

あれから一晩が明けたのだ。

「起きたのか」

枕元の椅子に座ったカイルが、ほっとしたような顔で呟いた。

彼の手を借りて身を起こし、さりげなく体を見下ろす。ドレスの乱れは直されて、どうやら下着も穿《は》いているようだ。

カイルに着せてもらったのだと思うと恥ずかしかったが、脚の間にかすかに残る疼痛《とうつう》が、彼と初めて結ばれた喜びを思い起こさせた。

——いや、違う。

正確にいえば、この体では昨日が初めてということだ。

ユーリアが寝かされていたのは、この部屋の主が使っていた寝台だ。昨日までならそこに寝ることに抵抗があったが、今はまったくそうは思わなかった。

「体は痛くないか？　昨日はずいぶん無茶《むちゃ》をしたから……」

「私、とても長い夢を見たんです」

労わるカイルを遮り、ユーリアは告げた。

「夢？」

「夢の中で私はあなたでした」

あれがただの夢でないことは、本能的にわかっていた。

一夜のうちに見たとは信じられないほど、長く濃密な年月。あの日々は実際にあった出来事で、自分はカイルの半生を追体験したのだった。

「初めは十四歳でした。カイルの心に同化して、カイルの目からすべてを見ました。生まれた家を飛び出して【湿地の魔女】に出会ったことも、この屋敷で暮らした日々も。彼女が亡くなったとき、魔女の禁術でカイルに何をしたのかも」

「……すべて？」

カイルの瞳が驚愕に見開かれた。

「正確には、カイルが二十五歳になるまで。あの沼の畔で、溺れかけていた私と出会ったところまでです」

「なら……——まさか」

「ええ。もう私にもわかっています」

ユーリアは胸に手を当て、すっと息を吸った。

「私の前世は、【湿地の魔女】ことクレメンティア。——カイルの初恋の人だったんですね」

不思議な感覚だった。

今のユーリアはユーリアでありつつ、十九年前に死んだクレメンティアの記憶も宿していた。

どうしてそんなことになったのかも、魔女としての知見を得た今なら説明できる。

きっかけは、カイルと体を交わしたことだ。

性行為に我を忘れたカイルから流れ込んできたのは、クレメンティアが譲り渡した魔力の片《へん》鱗《りん》だった。

本来は己のものだった魔力を浴びたことが呼び水となって、カイルの意識と同調し、前世の記憶を取り戻すという奇跡が起きた。

この部屋にかかっていた封印の魔法が解けたのも、魂の形状が元の主と同じだと認証されたからだったのだ。

「……生まれ変わる前の記憶があるのか？」

尋ねるカイルの声は、かすれて震えていた。

「この屋敷で俺と暮らしたことを、思い出してくれたのか……？」

こんなにも頼りない、泣きそうな顔をしたカイルを見るのは初めてだった。

彼の心は今、クレメンティアと死別した頃に戻っている。なんの覚悟もなく置き去りにされ、理不尽な運命に泣き叫んだ十六歳の少年そのものに。

「長い間待たせてごめんなさい」

ユーリアはカイルを抱きしめた。

初めて彼と出会ったとき、どうしようもなく惹かれたのは、前世の絆ゆえだったのだ。

「これでも、なるべく早く生まれ変わろうと頑張ったんです。転生すると前世の記憶はなくなってしまうから、再会しても気づいてもらえるか不安だったけど、カイルは一目でわかってくれたんですね」

「わからないわけがあるか……！」

ユーリアを抱きしめ返し、カイルは呻いた。

「沼で溺れる君を見つけて、俺がどんなに驚いたか……この十年間、どれだけ葛藤したと思ってる!?」

クレメンティアとユーリアの魂は同じだが、年齢が違う。立場も違う。

カイルより八歳年上だったクレメンティアと、十七歳も年下のユーリア。

一介の魔女だったクレメンティアと、一国の王女であるユーリア。

前世でも結ばれるまでの障壁は高かったが、今世ではそれ以上だ。出会ったときのユーリアはほんの八歳の少女で、今度はカイルのほうが犯罪者になってしまう。

たとえ相手が成人したところで、年の差は縮まらない――クレメンティアの困惑を、カイルは今になって痛感した。

この少女とクレメンティアは別人だと、カイルは己に言い聞かせた。

見た目も話し方もそっくりだが、過去の記憶がない以上、違う人間として扱うべきだ。

「迷子の君を送り届けたら、それきり二度と会わないつもりだった。なのに君もオーランドも、なんだってあんなに人懐っこいんだ?」

これからも王宮を訪ねてほしいと言われれば、どうにも断れなかった。

仕方なくといった風情を装いながらも、無邪気に慕ってくれるユーリアと言葉を交わせることが嬉しかった。

相談役として魔法を使うことも最初は気が進まなかったが、クレメンティアならふたつ返事で引き受けるのだろうと思うと、彼女の遺志を継ぐつもりになった。

このままユーリアの成長を見守り、彼女が幸せになってくれれば満足だ。それが節度と良識のある大人というものだ。

年頃になったユーリアが日に日にクレメンティアに似てきても、艶っぽい目で見つめられてもあくまで別人なのだから——と己を律してきたというのに。

「どうして俺と結婚したいなんて言い出すんだ。君を屋敷に入れてしまった俺も俺だが」

「すみません。私ったらぐいぐい来すぎでしたよね」

「確かに君は強引だったが……結局は、俺の意志の弱さの問題だ」

カイルはユーリアの肩に手を置いて、密着した体を引き剥《は》がした。

「君がここにいると、クレメンティアが本当に生き返ったようだった。本心では一緒に暮らしたかったが、そんなふうに思うのは君にもクレメンティアにも失礼だろう」

ユーリアに想いを移しては、初恋の人への裏切りになる——そんな罪悪感が、あのよそよそしい態度に繋がっていたようだが。

「え、そんなことないですよ？」

ユーリアはあっさり言ってのけた。

「昨日までの私にとって、【湿地の魔女】は他人でしたから嫉妬もしましたけど。何もかも思い出した以上、『ユーリア』も『クレメンティア』も生きている時代が違うだけで、どちらも自分なので」

今の自我は基本的に「ユーリア」だが、「クレメンティア」という名前の抽斗《ひきだし》が脳内に増えたような感覚だった。

その抽斗は開け閉め自在で、過去の記憶も感情も、いつでも鮮やかに取り出せる。

「カイルが両方の私を愛してくれたなら、素直に嬉しいです。どこまでも一途な人なんだなぁって、惚れ直しちゃうくらいです」

「……惚れ直す……？」

呆然と繰り返し、カイルはふいに表情を引き締めた。

「訊きたいことがあるんだが」

「なんですか？」

「前世の君は――クレメンティアは、俺のことをどう思っていたんだ？」

その疑問は、川の流れを堰《せ》き止《と》める岩のように、カイルの心を塞ぎ続けていたのだろう。

「大好きでした」

ユーリアは微笑み、十九年ごしにあの頃の本心を告げた。

「恥ずかしくて自分からは言えませんでしたけど。カイルが大人になるのが待ち遠しくて、早く恋人にしてほしかっ、た……っ⁉」

声が跳ねたのは、噛みつくように唇を奪われたせいだった。

堰き止めるものをなくしたカイルの激情が、今こそ溢れてユーリアを呑み込む。

「んっ……ぁ、……はぁ……っ」

差し入れられた舌が、ユーリアの口腔をくまなく貪る。項《うなじ》を引き寄せる男の手が、もっと深く繋がりたいと求めている。

「ずっと君を好きだった……今も好きだ……」

カイルが言う「君」とは、クレメンティアであると同時にユーリアのことも指していた。

息を継ぐ合間の、熱情に駆られた声音でそうとわかった。

「本当は、君が屋敷に来たときからこうしたかった。だが、あのときの体験が強烈すぎて……もし君を抱いたなら、クレメンティアと同じようにまた死んでしまうんじゃないかと」

他に方法がなかったとはいえ、前世の自分のやらかしを、ユーリアは心底申し訳なく思った。

初体験の直後にクレメンティアに死なれた彼は、心に深い傷を負ったに違いない。

あれから他の女性と触れ合うこともなかったようだし、新しい恋をする気力も湧かなかったのだろう。そのせいで、三十歳を超えてもいまだに独り身だったわけだが。

「ごめんなさい。トラウマですよね」

「そのとおりだ。――責任をとってくれ」

鎖骨の窪みに口づけられて、あっと声を洩らしたときには、寝台に押し倒されていた。

高鳴る心臓の在処《ありか》を探るように、カイルの手が胸に触れる。

こちらを見下ろす瞳には、まぎれもない情欲の光が宿っていた。

「昨日の今日じゃ、嫌か？」

「……いいえ」

朝っぱらから、だとか。

まだ体のあちこちが痛いのに、とか。

思うことはいろいろあるが、嫌なわけがなかった。あんなにも素っ気なかったカイルから、こんな目で見てもらえるなんて夢のようだ。

「私も、したいです……」

どれだけ抱いても息絶えることはないのだと、カイルに安心してほしい。

了承を得た彼が、さっそくとばかりにドレスのボタンを外し始めた。

だんだんと肌が露わになるほどに、体の芯が火照っていく。昨日は中途半端に前を開かれるだけだったが、今日はすべてを脱がせるつもりのようだ。

生まれたままの姿で寝台の上に再び横たえられたとき、ユーリアの全身はかちこちで、両目をぎゅっと閉じていた。

今この瞬間、カイルの視線が全身を這っているのだと思えば、柔らかな筆でくすぐられるように肌が粟立《あわだ》つ。

「み……見てますか……?」

「見ないわけがないだろう」

「そんなに面白いものじゃないと思いますけど」

「抱きたいと思う女の裸に面白さは求めてない」

もっともな言い分とともに、額に唇の感触が落ちてきた。

羽根が触れるようなキスは、額から頬へ、頬から喉元へと続いた。

その先のことを想像し、思わず両腕で胸を隠すと、直球で問いかけられる。

「乳首を吸われるのは好きじゃないのか？」

「す……好きじゃないというか、恥ずかしいだけです」

「これまでは二度とも積極的だったのに？」

「それはっ……！」

一度目は死にかけたカイルを救いたくて夢中だったから。

二度目は媚薬の効果もあったし、これが最初で最後かもという気持ちが勝《まさ》って、照れている暇もなかったからだ。

改めて考えればどちらの機会も処女だったのに、我ながらずいぶんな無茶をしたものだ。

「やっと主導権を譲ってくれたな」

カイルが口角を吊り上げた。

「命もかかってない。媚薬なんて無粋なものもない。その状況でやっと君を抱けるんだ。……いいだろう？」

諭されて、ユーリアはおずおずと胸を覆う腕を外した。

が、視線を下に向けてすぐさま後悔する。

胸の頂でぷっくりと勃《た》ち上がる乳首は、ここを見て、触って——とはしたなく主張しているかのようだ。

「素直だな、君は」

それは胸を晒したことを指しているのか、口では恥ずかしいと言いながら発情している正直な体のことなのか。

わからないでいるうちに、隆起した両乳首をきゅっと捉えられてしまった。

「ん、あぁぁ……っ！」

予想以上の刺激にびくりとして、腰が浮いた。

くにくにと弄《いじ》られると、そこはますます硬く芯を持つ。人差し指と親指で捏ねられるうち、見たこともない淫猥《いんわい》な色に変化を遂げた。

(こんなに赤く腫れて、元に戻るの……?)

ユーリア自身の目から見ても、そこは熟れた木苺《きいちご》のようだった。

カイルにも食べ頃だと思われたのか、片側の乳首に吸いつかれて悲鳴が洩れる。

「ひゃうっ……！」

涼しげに見える美貌とは裏腹に、カイルの口の中は熱かった。柔らかな舌でねっとりとあやされるのも、とてつもなく気持ちいい。

「っ……ん、やぁ……あぁあ……っ」

吸われていないほうの乳首も、忘れていないとばかりに摘まれた。

根元から扱《しご》かれたかと思えば、先端をかりかりと優しく引《ひ》っ掻《か》かれる。変化のある動きに翻弄されて、背骨がぐずぐずに蕩けきってしまいそうだ。

「ん……、あ、カイル……待って……！」

感じすぎて惑乱し、助けを求めるように伸ばした手を、カイルはしっかりと摑んでくれた。

はぁはぁと息を弾ませながら、ユーリアは言った。

「あの……私、大丈夫ですか？　今日は媚薬も飲んでないのに、昨日と同じくらい――ううん、昨日よりも気持ちがよくて……私の体、どこかおかしいんでしょうか……？」

一瞬面食らった顔をしたのち、カイルは口元を綻ばせた。

「君は何もおかしくない。――しいて言うなら」

「言うなら？」

「君が俺のことを、とても好きでいてくれるからだろう」

自分で口にして照れたのか、カイルはふいと横を向いてしまった。

(そっか……おかしくないんだ)

好きな人に触れられて、悦《よろこ》びを覚える。

それはいやらしくて恥ずかしいけれど、決して悪いことではない。少なくとも、カイルに嫌われる要因にはならないようだ。

「続けていいか？」

律儀に尋ねる彼も自分と同じく、こういった経験は三度目なのだと思い出す。

互いに互いしか知らないことも、ようやく心と通わせて抱き合えることも、泣きたくなるほどに幸せだった。

ユーリアがこくりと頷くと、カイルは鳩尾《みぞおち》に口づけ、少しずつ顔の位置を下ろしていく。

（また、昨日みたいに舐められるのかしら……あそこを……）

想像するだけで喉が渇き、生唾を飲んでしまう。

そうしてカイルは、ユーリアの期待を決して裏切らないのだった。

予想と違っていたのは、いざ行為に及ぶ前の注文がやたらと細かかったことだ。

「もっと大きく脚を開けるか？」

「こ……これくらいですか？」

「まだだ。もっと広げて、腰を高く――ああ、枕を下に入れるといいな――そのまま膝の裏を抱えて、持ち上げておいてくれ」

言われるままに従い、自分の格好に気づいたユーリアは、顔から火を噴きそうになった。

前のみばかりか、後ろのほうまで丸見えになる慎みのかけらもない有様だ。よくは知らないが、分娩台《ぶんべんだい》に上がる妊婦の体勢に近いのではないか。

「どうしてこんな……っ」

「昨日はしっかり見る余裕がなかったからな」

平然と答えられ、角度を変えてまじまじと観察される。

こういうタイプの男性をなんと呼ぶのかも、侍女のハンナは教えてくれていた。

(む……むっつりさんだ……——！)

表情こそ変わらないが、その眼差しは穴が空きそうに執拗で——いや、すでに穴は空いているのだが——と品のない自己ツッコミをするほどに混乱してしまう。

息がかかるほど顔を近づけ、カイルは独りごちた。

「中も外もよく濡れてる」

(言葉にする必要ありますか⁉)

「不思議な花のような形だな」

(喩《たと》えられてどう反応しろと⁉)

「顔つきが似ているということは、ここの色や形状も前世からこうだったのか？」

(それを知ってどうするんです⁉　というか、そんなこと自分でもわかりませんし！)

脳内の叫びはいっかな止まらなかったが、

「入口は閉じているように見えるのに……本当に、俺はこんな場所に入ったのか？」

「ひゃっ、あぁぅ……っ！」

カイルの中指が秘裂を割った瞬間、実際の声が口をついた。

「ああ……やっぱりちゃんと入るのか」

どこまで潜れるかを確かめるように抜き差しされて、ユーリアの息は早くもあがった。

「き……昨日も同じことをしましたよ……?」

「あのときは冷静じゃなかった。媚薬の副作用なのか、記憶がところどころ飛んでるんだ」

「えっ⁉　すみません、私が無理矢理たくさん飲ませたから……！」

規定量を守らないと気が触れる可能性があるくらい、あれは危険な薬だったのだ。

無茶をしたことを謝ると、カイルは首を横に振った。

「君が思い切った真似をしなければ、俺はいつまでも臆病なままだった。君が前世の記憶を取り戻すこともなかっただろうし、結果的にはあれでよかった」

「そ……そう言ってもらえると……っ、ん！」

膣壁をぬくぬくと擦られる快感に、会話が成り立たなくなる。

カイルの指はただでさえ長く、節が目立って色っぽいのだ。

あの指が体内に埋まり、膣壁をまさぐっているのだと思うと、それだけで込み上げてくるものがある。

「あ、ふ……ぁぁあ、っは……！」

「つらいか?　嫌なときは嫌だと言ってくれ」

「っ……はい……」

ユーリアの感じやすいところを探すように、指が中で動く。

浅い場所から深い場所までを慎重に探り、こちらの反応を凝視するカイルは、優しいのか意地悪なのかわからない。

「ふっ……あぁ、は、ん――っ……！」

「ここか？」

ほどなく見つけ出したユーリアの弱点を、カイルはぐりぐりと的確に押し上げた。

それに加えて、さらなる刺激がユーリアを襲う。

「こっちも舐めるぞ」

「――っ！　ひぅ、ゃぁあああっ……！」

花芽にちゅっと口をつけられた瞬間、あられもない声が迸《ほとばし》った。

柔らかな舌で数往復されただけで、無垢《むく》な秘玉は即座にむくむくと膨張する。

下肢が痺れ、内臓がざわめき、尿意に似た切迫感に腰がくねった。

「ぁう、あっ、そこ、……そこぉっ……！」

「ここを舐められるのが好きなのか？」

穏やかに尋ねながらも、カイルは容赦のない快楽でユーリアを追い詰める。

こりこりした突起を舌先で潰され、太腿《ふともも》がぶるぶると痙攣を始めたところで、

「もう少し広げさせてくれ」

中指の横から人差し指が入ってきて、膣壁をぐぐっと拡張された。

　二本の指をばらばらに動かされるたびに、濃密な快楽が募っていく。

　わざとのようにぶちゅぶちゅと音を立てて掻《か》き回すものだから、どれだけびしょ濡れになっているかを嫌でも思い知らされた。

「あっ……あ、だめ……やっ、いやぁぁ……！」

「本当に嫌なのか？」

　陥落寸前の嬌声《きょうせい》をあげた途端に指を抜かれ、ユーリアは泣きそうになった。

『嫌なときは嫌だと言ってくれ』と言われて頷いた以上、カイルはユーリアの言葉をそのままに受け止めるしかできないのだ。

「ぁ……ち、違って……」

　絶頂をおあずけにされた蜜洞がひくひくし、愛液が会陰を伝う。

「つい声が出ただけで……嫌だけど、嫌じゃないっていうか……」

「どっちだ」

「つ……続けて、ください……っ」

「指じゃなくても構わないか？」

　思い切って訴えると、カイルは真顔で尋ねた。

「俺も、そろそろ君とひとつになりたい」

「……はい」

羞恥に身を焦がしながら頷くと、カイルはズボンの前を開き、すっかり準備の整ったものを引きずり出した。

こちらの腹に影を落とす逸物《いちもつ》に、ユーリアはひくっと喉を鳴らした。

(や……やっぱり、大きい……)

昨日は初見だったから実際以上に大きく感じたのかと思ったが、そんなことはなかった。

年齢を考えれば、そこまで張り切って大丈夫ですか？ と尋ねたくなる。あるいは、長い間使わなかった分だけ元気が有り余っているということだろうか。

あまりにまじまじ見られて気まずいのか、カイルが咳払《せきばら》いした。

「少しは遠慮しろ。……挿れるぞ」

「あの、服は着たままですか？」

重なろうとするカイルの肩を、ユーリアは押《お》し留《とど》めた。

不満というほどではないが、自分ばかりが裸というのは心許《こころもと》ないし、できれば直に肌と肌を重ねたい。

虚を衝かれたような表情を浮かべたものの、カイルは黙って服を脱ぎだした。

そのシャツが床に落ちたとき、ユーリアは息を呑んだ。

カイルの肩や腕には、いくつもの火傷《やけど》の痕が散っていた。

どれも指先ほどの大きさで、浅く凹《へこ》んだ皮膚が色をなくしている。近い場所に集中しているところもあり、明らかに人為的につけられたものだった。

「それって……」

「父親がな」

カイルは多くを語らなかった。

酒乱だったというカイルの父。連想するのは、その男が煙草《たばこ》に火をつけ、泣き叫ぶ我が子の肌を焼く光景だ。

初めにできた火傷は何歳のときのものなのだろう。

服の下に隠れる部分ばかりが選ばれている卑劣さに、胃の底が焦げ、涙が噴き出しそうな怒りが湧いた。

「ごめんなさい、気がつかなくて。あの頃に気づいていたら、私……」

クレメンティアだった頃の自分なら、すぐさま魔法を使って治していた。

そこまで考え、「あれ？」と思った瞬間、

「こんなもの、今なら簡単に消せることは知ってる」

とカイルは言った。

「ただ、そうしたところで、父親《あいつ》にされたことがなかったことになるわけじゃない。それに、とっくに昔のことだから、そこまでこだわることでもないというか……」

火傷痕をそのままにしている理由が、カイル自身にもうまく説明できないようだった。

「普段は特に気にしてもいない。それでも、君にとっては醜くて見たくないというのなら」

「いえ。……いいえ」

ユーリアは身を起こし、傷だらけのカイルの胸に顔を埋《うず》めた。

彼が生まれ育ったのは、控えめに言ってひどい環境だった。

それでも生きてくれた。

絶望に呑み込まれる寸前まで生き抜いて、前世の自分と出会ってくれた。

今となってはもうそれだけでいい。

「醜いなんて思いません。あなたにひどいことをしたお父様は許せませんけど」

「……許せない？」

「あ、ごめんなさい」

言葉が強すぎたかと、ユーリアは俯いた。

「お父様を憎むのも許すのも、カイルにしかできないことですよね。でも悔しいです。すごく腹が立ったんです。亡くなった方にこんなことを言うのはよくないですけど……私が同じ目に遭わせてやりたいくらいに」

「ありがとう。俺のために、本気で怒ってくれるのは君だけだ」

拳を固め、物騒なことを話すユーリアを、カイルは何故か穏やかな表情で見つめていた。

「あれがひどいことだったんだと、他人に言ってもらえるだけで救われる。自分は悪くなかったと、やっと思えたから」

「カイルは何も悪くないですよ。悪いわけがないじゃないですか！」

「頭ではそう思っても、時々わからなくなるんだ。『うちに金がなくなったのは、欲しくもないガキが生まれたせいだ』『俺はいい父親でいたいのに、俺を怒らせるお前が悪い』と言われ続けていると」

「……そんな」

「聞いてくれるだけでいい」

言葉を失うユーリアに、カイルは言った。

「こうして君に話していると、過去はちゃんと過去になる。今はもう、あの頃の無力な子供じゃないと、自分にも言って聞かせてやれる」

「なんでも聞きます」

カイルの手に手を重ね、ユーリアは請け合った。

「つらくなったときはいつでも話してください。私はカイルの味方ですから」

「ああ。――でも今は、そんな景気の悪い話より、もっといいことをさせてくれ」

区切りをつけるように言ったカイルに、改めて押し倒される。

脚の間に腰を割り入れられ、熱を持った亀頭がひたりと蜜口を塞いだ。

「っ、ん……！」

る。

もう処女ではなくなったから楽だろうと考えていたのは間違いだった。

充分に解《ほぐ》してもらったのに、ぎゅうぎゅうと密集する襞が、侵入するものを押し返そうとする。

「……狭いな」

カイルが苦しそうに眉根を寄せた。

「わ、私のせいですか？　むしろ、カイルのが太くて大きすぎるから――……ひゃっ⁉」

体内でさらにむくむくと膨らむものに、ユーリアは仰天した。

「なんでまた大きくなってるんですか⁉」

「君が俺を煽《あお》るせいだ。可愛い声で、いやらしいことを言うんじゃない……っ」

「やぁぁんっ……！」

ずぐんっ！　と体重をかけられて、体の中心を掻き分けられる。

めりめりと広がったそこは、カイルの欲望でみっしりと埋め尽くされた。昨日ほどの痛みはなかったが、臍の上までをいっぱいにされてお腹が重い。

体の一番深いところにカイルを感じ、ユーリアは息を吐いた。

男性としてはすぐに動きたいだろうに、馴染むまで待ってくれるつもりなのか、カイルが唇を合わせてくる。

「……っ、ふぅん……」

彼とするキスは大好きだ。

ざらつく舌で口蓋の敏感な部分を的確にくすぐられるものだから、口を開けて積極的に応えてしまう。

夢中で舌を絡め合う中、大きな手が髪を撫でてくれた。

カイルは決して雄弁ではないけれど、その仕種で「好きだ」と伝えてくれているようで、胸がときめく。

これからは誰に憚《はばか》ることなく、毎晩だってこうして愛し合えるのだ。

「……っ……動いても、いいですよ……」

カイルにも気持ちよくなってほしくて、言った端から欺瞞《ぎまん》に気づく。

じっとしているのがつらいのは、カイルだけではなくて。

「動いて欲しい、の間違いだろう?」

「……はい」

「脚はまた自分で抱えておけよ」

甘い声で命じられるとともに、体内に埋まった肉棒がゆるやかな抽挿を始めた。

ずぷずぷと往復する熱の塊に、ユーリアの意識は掻《か》き乱される。

「ぁあ、ん、……っうぅ……ん」

自分の体格に比べ、カイルのものはやはり大きすぎると思うが、引き攣れる痛みは次第に薄れていった。奥のほうに溜まっていた蜜が溢れて、律動を滑らかにしていく。

「……ずいぶん動きやすくなってきた」

カイルが呟き、上体を屈めて寝台に手をついた。

腰を反らし、臍裏に向けて亀頭を叩きつけられると、内側からお腹を破られてしまいそうな刺激がもたらされる。

自分では見えない膣壁の窪みに亀頭が嵌まり、ぐちぐちと揺さぶられるともう駄目だった。

「……ふ、ぁ、あ……はっ……んぁうぅっ――……！」

あっという間に達してしまい、細い腰が大きく跳ねる。

硬直した体から一気に力が抜けて、膝裏を支えていた手も落ちてしまった。

「こら。自分で脚を持てと言っただろう」

「そんな……無理です、もう……」

「仕方がないな」

肩をすくめたカイルが、ユーリアの背中を抱いて引き起こした。寝台に座った彼の腰に、繋がったまま跨る格好だ。

抱きしめられてほっとしたのも束の間、下から突き上げられて体が弾む。

「だ、だめっ！　まだ、いったばかりで……あ、あっあっ、そこ、今はぁっ……！」

休ませてほしいと訴えても、カイルの動きは止まらない。ユーリアが髪を振り乱して喘ぐほ

どに、愛おしそうな目で見つめられるばかりだ。

「あっ、あっ、やめ……奥、とんとんって、っ……あぁん……！」

密着感が深くなり、切っ先で子宮口を小刻みに突かれる。

汗の玉が浮いた乳房にも、カイルの手は伸ばされた。痛いほど勃起した乳首が掌《てのひら》に擦れて、さらなる刺激に懊悩《おうのう》する。

「ぁんっ、あ、胸まで……っ、あぁぁ！」

二箇所を同時に攻められて、ユーリアは必死でカイルにしがみついた。

涙ぐむユーリアの耳元で、カイルは蜜をまぶしたような声で囁いた。

「感じて乱れる君が可愛い。達している瞬間も、また見せてくれ」

「んっ、もう……っ、調子に乗りすぎです……！」

ふにゃりと眉が下がり、情けない顔になる。自分のほうが年上だった前世では、カイルにここまで翻弄される羽目になるとは思わなかった。

「ここで調子に乗らないで、いつ乗るんだ」

答えるカイルも切羽詰まっているのか、声がかすれていた。

「惚れた女を――生まれ変わってまで俺に会いに来てくれた君を、やっと堂々と抱けるようになったのに」

「あ、ん……んぁ、ふぁああっ――……！」

遠慮をかなぐり捨てたように、突き上げがさらに激しくなった。とっさに腰を浮かせて逃げを打てば、くびれをがっしりと掴まれて、容赦なく引きずり降ろされる。

ずちゅんっ！　と落ちた先で野太い肉茎に貫かれ、声にならない悲鳴が空気を裂いた。

「逃げるな。――もう離さない」

力を込めた両手が、ユーリアの腰を滅茶苦茶《めちゃくちゃ》に揺さぶる。

火を噴きそうに熱い蜜襞と鋼に等しい硬さの剛直が、ぐちょぐちょと淫らに擦れ合う。

「あっ、あっ……またいく……いくから、許してぇ……！」

内臓が揺さぶられ、腰から下がどろどろに溶けるような快感に、ユーリアは身をよじりながら喘ぎ啼《な》いた。

最奥を穿つものが脈打つように震えて、カイルの喉からも押し殺した声が洩れて。

「ぁぁっ、だめ……いく……いきます……っ」

「俺も、だ……っ……」

猛《たけ》りの先から放たれた灼熱《しゃくねつ》の雫が、どくどくとユーリアを満たした。

脳までを焼き尽くされるような絶頂感に、しばらくは呼吸もままならない。

裸の胸と胸を重ね合い、甘やかな充足感の余韻に二人して漂っていた。

「……誰かとまた、こんなことをできるようになるなんて思わなかった」

ようやく鼓動が落ち着いたのち、カイルが噛み締めるように呟いた。

「クレメンティアだけに操《みさお》を立てて、一生を終えるんだと思っていた……だが、ユーリア。こうして君とまた出会えたから」

――ユーリア。

そう呼んでもらえるとやはり嬉しくて、胸がじんとした。

転生後、何も知らずに生きていた頃の恋心も報われて、前世の自分に嫉妬することも、この先はきっとないだろう。

「今の私も昔の私も好きになってくれて、ありがとうございます」

葡萄色の瞳の縁《ふち》に触れ、ユーリアは万感の想いを口にした。

「今度こそカイルを残して死んだりしませんから、安心してくださいね」

「……絶対だからな」

誓いを交わすように、ユーリアは伸びあがってカイルにキスをした。

長すぎる遠回りをしたけれど、前世からの初恋は、今ここにようやく成就したのだった。

第六章　寝惚《ねぼ》けた旦那様の暴走えっち

その日は朝から灰色の雲が垂れ込め、天気が崩れそうな気配があった。

もともと癖のあるカイルの髪は、湿度が高くなると前髪や襟足がくるんと跳ねる。

眠る彼の隣で目覚めたユーリアは、毛布にくるまりながら柔らかな銀髪に指を絡めた。

（可愛いなぁ……）

癖っ毛そのものも可愛いし、目を閉じて寝息を立てているカイル自身も愛おしい。以前の塩対応ぶりを思えば、ようやく気を許してくれた孤高の狼《おおかみ》でも手懐けている気分だ。

髪を触っても、頬をつついても、カイルが起きる気配はない。

眠りが深い理由に思い至り、ユーリアは一人で照れた。

（昨日も頑張ってくれたものね）

互いの体は毛布で覆われているものの、その下には何も身に着けていなかった。

昨夜もたっぷりと愛し合い、三度も精を注がれてからやっと解放してもらえたのだ。

気絶するように眠ってしまったが、体がべたついていないということは、いつものようにカイルが清めてくれたのだろう。

仰向けになって天井を見上げ、ユーリアは息をついた。

(あれから三ヶ月――か)

ユーリアが前世の記憶を取り戻してから、それだけの日々が過ぎていた。

その間に、二人は法的にも正式な夫婦となった。

ユーリアと生きることを決めたカイルが、改めてオーランドのもとを訪れ、婚姻の許可を求めたのだ。

『そうかー、やっと決心を固めてくれたか!』

上機嫌の父はあれよあれよという間に結婚式の準備を進め、

『よかったわね、ユーリア。ずっとカイルさんのお嫁さんになりたがっていたものね』

母のアミアは目に涙を浮かべ、花嫁衣裳《いしょう》のヴェールに手ずから刺繍を施してくれた。

『まさか、あのときの魔法使いに妹をやることになるとはな』

式の当日、兄のエミリオは、正装したカイルの肩を抱いて笑った。

『この場合、あんたのことは義兄《にい》さんって呼ぶのか? いや、妹の旦那だから義弟《おとうと》なのか? なんにせよ、ユーリアを泣かせるなよ。ついでに、無限カスタードプディングも――』

『断る』

『融通利かないな、おい!』

カイルの背中を叩きつつも笑っていたので、エミリオもきっと祝福してくれたのだろう。王太子である上の兄も然《しか》りだった。

国一番の大聖堂で行われた結婚式は盛大で、他国からも大勢の招待客が押しかけた。すでに嫁いだ姉たちとも久しぶりに顔を合わせ、ユーリアはこの上なく幸せだった。

しかし、引きこもり生活の長いカイルにとっては、緊張で胃に穴が空きそうな試練の一日だったらしい。

『なんだって王族なんかに転生したんだ。式にしろ披露宴にしろ、いちいち大仰すぎる』

『すみません！　別に狙ったわけじゃないんですけど、たまたまそうなっちゃって……』

すべてが終わってからぼやかれて、ユーリアがしゅんとすると、さすがに愚痴っぽかったと思ったのか、

『いや、まぁ……俺の胃に穴が空くくらいで、君と結婚できるなら安いものだ。それに、花嫁姿のユーリアもとても綺麗だ』

とその日初めて笑ってくれた。

自分のために慣れないことを頑張ってくれたカイルに、ユーリアは改めて感謝した。

慣れないことと言えば、他にもある。

ユーリアを娶るにあたり、カイルはオーランドの提案どおり、亡き老公爵と養子縁組をした形でウェルズリー公爵を名乗ることになった。

仮にも叙爵された以上、領地をずっと留守にしているわけにもいかない。

普段はこの屋敷で暮らしつつ、数日に一度は公爵邸にも顔を出し、助言役から領地運営の実務について学んでいるところだ。

ユーリアもすでに何度か訪れた領地は、ほどほどに栄え、ほどほどに鄙《ひな》びた、穏やかでのんびりした土地だった。

その空気は、そこに住まう領民の人柄にもよるのだろう。カイルとともに領地を巡る中で、ユーリアは多くの人々から歓迎された。

染色工房を覗けば、季節の植物で染めたスカーフをプレゼントされ、ガラス工房に立ち寄れば、吹きガラスで一輪挿しを作る面白い体験をさせてもらった。

葡萄農園では、大好きな葡萄をどれだけでも狩らせてくれたし、お土産のジャムやジュースも持たされた。

酪農をしている農家では、生まれたての仔牛《こうし》を抱かせてもらい、乳搾り体験までさせてもらった。搾り立ての牛の乳は、これまで飲んだ中で一番甘くて濃厚だった。

『つい先週のことですがね。厩舎《きゅうしゃ》の根太《ねだ》が腐り落ちて困ってたところを、公爵様は魔法で直してくださったんですよ』

農家の主人は、にこにこしてユーリアに話しかけてくれた。

『町で火事が起きたときは雨を降らせて消し留めてくださったし、土砂崩れがあった峠の道も通れるようにしてくださったたし。魔法ってのは恐ろしいもんだと思ってましたが、使いようによっちゃ、こんなに役に立つもんもありませんね。最近では魔公爵様、魔公爵様って、子供たちもカイル様のことを慕っとりますよ』

『本当ですか?』

カイルが皆に好かれていると知って、ユーリアは飛び上がりたいくらい嬉しかった。

これまでもオーランドの相談役として働いてきたはずだが、ここらの人々は彼の活躍を知らなかったようで、にわかに沸き立っているようだ。

『ただねぇ、魔公爵様はうちらにお礼を言わせてくれんのですよ。ありがとうございますって伝える前に、いつの間にか姿を消してらっしゃるんで』

『きっと照れ臭いんだと思います』

そっぽを向くカイルを振り仰ぎ、ユーリアは苦笑した。

『不器用ですけど優しい人なんです。今はこんな感じですけど、そのうち慣れてきますから、どうぞよろしくお願いします』

『ははぁ、できた奥様がいらっしゃって魔公爵様は幸せもんだ！　ほら、うちのチーズもバターも差し上げますから、どうぞお二人で召し上がってくださいよ！』

山ほどのお土産を持たされたカイルが、目を白黒させながら小声で

『ありがとう』

と言うと、農家の主人はますます喜び、あやうく生きたままの食用牛まで押しつけられるところだった。

そんなふうに、カイルはカイルでそれなりに上手くやっている。

ユーリアのほうも、仕事を終えて帰ってきた彼を出迎えるという新たな日課ができた。

家のことなど魔法でこなせばいいとカイルは言うが、ユーリアもかつては魔女だったから知っている。魔力というのは無尽蔵ではなく、使えば使うだけ疲れるのだ。

領地で事務仕事しかしない日でも、長距離移動の魔法を二回は使っているわけだから、そこから掃除をしてくれだの、洗濯をしてくれとだのと頼むのは憚《はばか》られる。

『せっかくの花嫁修業の成果を、今こそ！』

と意気込むと、ユーリアが家事をすることをカイルはしぶしぶ許してくれた。

もしかすると、ドレスの上から身に着ける純白のエプロンが気に入って、この格好が見られるのならやぶさかではないと思われた可能性もある。

実際、エプロン姿のまま抱かれたことは何度かあった。

皺になるから脱ぎたいと訴えても、

『わかってないな。そのままがいいんだ』

と真顔で言われた。

一体何がいいのかと困惑したが、カイル曰く、すべての男が死ぬまでに一度は叶えたい夢が

「裸エプロンプレイ」らしい。

『変態ですか?』

と呆れて返すと、明らかに言わなければよかったという顔になり、

『……君の記憶を消す魔法を使っていいか?』

と情けなく呟いていた。

思い出し笑いをしたところで、階下の柱時計が鳴って時を告げた。七時だ。

朝食の支度をするべく、ユーリアはカイルを起こさないようにそっと寝台を抜け出した。

スリッパを穿いただけの裸なのは、行為の途中で脱がされた夜着がもろもろの体液で汚れており、改めて身に着ける気にはならなかったからだ。

ただ、誰も見ていないとはいえ、落ち着かない状態には違いない。急いでクローゼットの扉を開け、今日は何を着ようかと考える。

ふと目に留まったのは、端に吊《つ》るした洗い替え用のエプロンだった。

瞬間、脳裏にカイルの言葉が蘇る。

――すべての男が死ぬまでに一度は叶えたい夢。

(本当に、そんなに喜ぶものなのかしら?)

後から振り返れば、魔が差したとしか思えない。

物は試しとエプロンを手に取ったユーリアは、素肌の上からかぶってみた。

肩紐《ひも》にも襟元にもレースのフリルが施されており、腰のところでリボンを結ぶ仕様だ。前垂れは膝を隠す程度の長さがあるが、後ろ側にはなんの布地もないため、ぷりんとしたお尻が丸見えになってしまう。

クローゼットの扉の裏には、全身を映す大きさの鏡が貼られていた。

そこに映る姿にまじまじと視線を注ぎ、

「――いや、ないですね！」

ユーリアはもげるほど首を横に振った。

自分史上、最強に頭が悪く見える格好だ。

「ないですないです。私ったら、なんて馬鹿なこと――」

「……はだか、えぷろん？」

寝起き特有のかすれ声に、ユーリアははっと振り返った。

目をしぱしぱさせたカイルが身を起こし、こちらを眺めている。

どう言い訳したものかとパニックになっていると、カイルはぼんやりと呟いた。

「なんだ、これは……夢か？　ユーリアがこんな格好、自分からするわけないもんな……」

（もしかして、寝ぼけてる？）

寝室を共にするようになって初めて知ったが、カイルはかなり寝起きが悪い。

二度寝してしまうことはしょっちゅうだし、着替えや洗面などの身支度をしながら、夢うつつであることもしばしばだ。

なんとか誤魔化そうと焦ったユーリアは、さらなる悪手に出た。

「ええ、そうです。これは夢なんです」

このまま寝直せば、このとんでもない格好も記憶に残ることはないはずだ。

ユーリアがぎこちなく微笑むと、カイルは得たりとばかりに頷いた。

「夢なら何をしてもいいはずだよな」

宙に浮かせた彼の指先から、金粉のような光がきらきらと散った。

帯状になったそれは、ユーリアの手首に纏わりついて――そして。

「きゃあっ……!?」

両手がぐっと引き上げられて、頭上でひとまとめに拘束される。

ユーリアの手首を縛《いまし》めているのは、蔦《つた》に似た謎の植物だった。何もない場所から生じたそれは、天井や壁にまで蔓延《はびこ》り、部屋中を緑で埋め尽くしていく。

さらにはユーリアの脇や腰にまで絡みつき、床と天井の間で宙吊《ちゅうづ》りの体勢にしてしまった。

「な、何をするんですか!?　降ろして……！」

脚をじたばたさせるユーリアのもとに、寝台を抜け出したカイルが近づいてきた。

まだ寝惚けた顔をしているのに、腰のものだけはぎんぎんと勃《た》ち上がっていることにぎくりとする。

「……最高だ」

カイルはうっそりと微笑んだ。

「裸エプロンに、魔法植物での拘束プレイ……——夢の中でしか見られない光景だな」

そうこうするうち、ユーリアの両足首に新たな蔦が絡みついた。抗っても振《ふ》り解《ほど》くことは叶わずに、左右に大きく脚を広げられてしまう。

肝心の股間だけはエプロンに覆い隠されているが、文字通り、吹けば飛ぶような代物だ。

「やめてください、カイル！　いい加減に——ぁうっ……！」

胸当ての下に蔓《つる》が忍び込み、細い巻きひげが両乳首を弄んだ。根元からきゅうきゅう締めつけたり緩めたりと、悪戯な刺激を加えられる。

脇腹にもお尻にも伸びてきた蔓は、粟立つ肌をさわさわと巧妙にくすぐった。

「っ、ひ……いや、やだぁ……！」

「見ろよ、ユーリア。エプロンの下で乳首が勃《た》ってる。どっちもぷっくりしてて可愛いな」

カイルの話し方に、そういえばさっきから違和感があった。

ややぞんざいで懐かしい口調は、彼が少年だった頃のものだ。

本人はこれが夢だと思っているから、現実の年齢を忘れているのか。

あるいは、普段は取り繕っているだけで、カイルの内面はあの頃からさほど変わっていないのか。

なんとなく後者のような気がする——と思う余裕は、あっという間に奪われていく。

「な?　下のほうもこんなに濡れてる」

カイルがエプロンの裾をめくると、秘めておきたい場所はあっさりと晒されてしまった。

馬鹿みたいな服装で、あられもない格好をさせられているのに、自分でも何故こんなに……と泣きたくなるほど秘裂が潤っているのを感じる。

ひくひくと震える花唇や、その奥で濡れ光る媚肉を、カイルに見られているだけでお腹の底が熱くなった。

「嫌です、見ないでください……っ」

「もっと恥ずかしいところだって、俺はいつも見てるだろ。俺のこれを奥まで咥《くわ》えて、ぐちゃぐちゃに掻き回されてるときとか」

カイルが己の屹立《きつりつ》に手を添え、にやりと笑う。

悪だくみめいた笑みに、ユーリアは嫌な予感を覚えた。

「——たとえば、こんなふうに?」

カイルの一言で、太腿に巻きついていた蔦が変化を遂げる。

先端をもたげたと思ったらぶわりと膨らみ、太さと弾力を兼ね備えた男根そっくりの形状になったのだ。

(どうしてこんな形に……——まさか)

恐れたとおり、緑色の疑似男根がユーリアの秘口に潜り込もうとする。穴倉を見つけた蛇のような動きに、快感によるものとは違う鳥肌が立った。

「いや！　いやです！　こんなの……やぁぁぁあっ……！」

ずぷぅううっ——と体内を一気に犯され、ユーリアは悲鳴をあげた。

ただの植物ではない証《あかし》に、それは熱を持っていた。人肌そっくりの温度が伝わるからこそ、余計にグロテスクで気味が悪い。

そう、気味が悪いはずなのに——。

「ぁああっ……なか、動くの、だめぇ……っ！」

ずりっ、ずりっ……と尺取虫めいた動きで侵入されて、未体験の刺激に腰がのたうつ。

エプロンの下でも、淫猥な蔓はうにうにと蠢き続けていた。巻きひげが胸の先をきつく搾りあげるのに、否《いや》が応《おう》でも甘ったるい声が漏れてしまう。

「はぁ、ん……ふぁあ——っ……」

人ではないものに犯されて興奮し、気持ちよくなってしまうなんて、カイルのことを変態と罵れない。

口も目も半開きにして悶えていると、カイルがこれみよがしに囁いた。

「いやらしい顔してるな、ユーリア」

「言わないでっ……自分でも、こんなの嫌なのに……っ、あぁんっ……」

「いいさ。俺の魔法で感じてくれてるんだろう？　――けど」

カイルの目が細まって、欲情の色に底光りした。

「俺もユーリアに気持ちよくしてほしくなってきた」

途端、ユーリアの体を浮かせた蔓が、しゅるしゅると伸び縮みした。腕を吊られた大股開きの姿勢のまま、カイルの下半身を直視する位置に来る。

「その可愛い口で舐めてくれるか？」

屹立した肉棒を口元に突きつけられ、ユーリアはぎょっとした。

男性器を口で愛撫《あいぶ》する行為の存在は知っていたが、さすがにカイルも遠慮があるのか、はっきりと求められたことはなかった。

だが、彼はここが夢の中だと思っている。

理性も遠慮もなくして、欲望に忠実になった結果がこれなのだ。

（本当はされたかったのに我慢してたの？　こんな機会じゃなかったら、してほしいって言えなかった……？）

そう思うと、なんだかいじらしく思えてきた。

カイルの口調が少年めいているせいか、ユーリアの意識も、クレメンティアだった頃のものに近くなっているのかもしれない。

（上手くできるかわからないけど……）

おずおずと舌を伸ばした瞬間、待ちかねたように亀頭が押しつけられた。ざらつく舌の表面に、頬を上気させたカイルが夢中になってぬりゅぬりゅと擦りつける。

「舐めてくれ……もっと、ねっとり……」

「ん……っ、ふ……」

たどたどしく舌を遣いながら、先走りにも風味があることをユーリアは初めて知った。何に似ているとも喩《たと》えられない。しいていうならカイルの味で、カイルの匂いだ。

嫌ではないと感じることが意外だったが、考えてみれば不思議ではなかった。

男根そのものの色や形は、美しくはないのかもしれない。この行為自体も、上品だとはとても言えない。

それでも、魔法植物が変化したものとは違って、これは正真正銘カイルの一部だ。

そう思うと愛おしく、先走りが溢れる様すら健気《けなげ》で、もっと可愛がってやりたくなった。

つぅっと裏筋を舐め上げたのち、思い切って先端からはくりと咥える。

「……っ、ふ……」

カイルのそれは言うまでもなく大きくて、口腔をみっしりと圧してくる。

唇で甘噛みし、口全体で味わうと、熱塊がぶるっと震え、カイルの手が頭に置かれた。

「こんなことまでしてくれるのか？　さすが夢だな……」

こちらを見下ろすカイルの表情は恍惚に染まっていた。

「しゃぶって。奥まで……っ、そう……気持ちいい……」

「んん……んぅ、ふ……む……っ」

喉に当たるほど深く咥え、唾液を絡めて首を振ると、じゅぷじゅぷと淫蕩《いんとう》な音が弾けた。

出来る限りの快感を与えたくて頬をすぼめ、剛直に舌を這わせていると、体内に埋まったままの蔦が再び動き出した。

「んんんっっ……⁉」

ぐりゅぐりゅと中で回転する異様な動きは、生身の男性器にはできないものだ。

それだけでも惑乱するのに、魔力を帯びた蔦はとうとう花芽にまで這《は》い寄《よ》ってきた。

「――んくっ！」

敏感な突起を何かでぴとっと覆われて、腰が大きく跳ねる。

蔦という植物は、巻きひげの先に円盤状の吸盤を持っている。これを建物の壁などに吸着させ、上へ上へと伸びていく性質がある。

ユーリアの秘玉に吸いついたのは、その小さな吸盤だった。隙間なく貼りつかれたまま蔦が動くと、ぐにぐにと引っ張られて喜悦が走る。

「ん、……ぅ、ううぅっ……！」

喘ぎ声はカイルの肉棒で塞がれ、喉の奥でくぐもるばかり。

ユーリアに首を振る余裕がなくなると、カイルのほうから腰を突き入れてくる。ぐぷっ、ぶぷぷっと音を立てて口腔を出入りする欲芯は、唾液に濡れててらてらと光っていた。

「……っ、駄目だ……――」

カイルの眉間には皺が寄り、こめかみを汗が伝った。極みが近いのだ。

「このまま出していいか？　……俺の夢だから、いいんだよな？」

「んむっ……！」

ちょっと待って――と言えるような状況ではなかった。

陰核をちゅうちゅうと吸い上げる吸盤に、乳首に絡んで扱《しご》き立てる巻きひげ。

蜜洞には緑の疑似男根を、口には生身の男性器を含まされ、全身に巻きつく蔓に自由を奪われているのだ。

あらゆる方向からの淫楽が重なり、亀頭に擦られる口蓋までもがぞくぞくしてくる。

赤ん坊がおしゃぶりをするように、ユーリアは口の中のものを一心に吸った。獣のように呻いたカイルがユーリアの頭を両手で抱え、激しく腰を振り立てた。

「う……達く、っ……――」

どぷぅっ……！　と大量の白濁が溢れて、喉奥に流れ込んでくる。

噎《む》せてしまいそうになりながら、ユーリアは青臭い液体を啜《すす》り上《あ》げた。

普通なら顔をしかめそうな苦さも、快楽漬けにさせられた身には、不思議と甘くすら感じられる。

上下する喉に気づいたカイルが、唖然として呟いた。

「飲んでくれたのか？　俺が出したのを、全部……？」

「……んっ……」

肉棒が引き抜かれた口を、ユーリアは開けたままにしてみせた。どろりとした残滓《ざんし》が舌にこびりついてはいるが、大半を飲み下したことがわかるように。

カイルが額を押さえ、前髪をがしがしと掻き乱した。

「淫夢にもほどがあるだろ……くそっ、まだおさまらない……！」

ユーリアの手足に絡んだ蔦がざわざわし、再び大きな動きを見せた。

両手を吊り上げられたまま、床に膝をついてお尻を突き出す卑猥なポーズを取らされる。

秘口に挿さった疑似男根をカイルが引き抜き、代わりに彼自身の先端を当てがわれた。

「っ、や……――っ、ん、くぅんん……！」

尻尾を踏まれた仔犬のような悲鳴が洩れた。

背後から一気に押し入ってきた肉の楔《くさび》は、さっきまで中にあったものよりも、明らかに太くて熱かった。

間を置かず始まる抽挿にユーリアの背は反り返り、天井から生えた蔦がぎちぎちと鳴る。

後背位の変形めいた不安定な姿勢で犯されて、腰のリボンが弾むように揺れた。

「は……すごい……口でも、ここでも……ユーリアの全部で、甘やかされて……っ」

裸エプロンに、蔦での拘束に、口淫からの精飲とくれば、カイルの興奮が加速するのも無理はなかった。

胸当ての脇から差し入れられた手が、乳房を激しく揉みしだく。

とぐろのように絡んだ巻きひげごと、尖った乳首を強く摘まれ、子宮に鮮烈な喜悦が響く。

吸盤に覆われたままの秘芽にも指が伸び、膨らんだそこをぐりぐりと捏ねられた。肉塊で目一杯に広げられた結合部から、さらなる蜜が溢れてくる。

「ん、ふ……っあ、んぅうう……っ！」

どちゅどちゅと斜めに突き上げられる肉棒に、淫らな声を抑えられない。

内腿《うちもも》にだらだらと愛液を伝わせ、ユーリアは泣きそうな声で訴えた。

「ぁ、あ……だめです……わたし……っ」

「何が駄目なんだ？」

途端にカイルが腰を止め、意地悪に命じた。

「言ってみろよ、『達きたいです』って。ユーリアも俺とのセックスが大好きだから、こんな格好で誘惑してきたんだろう？」

夢の中だと思っていると、人はこうも強気になれるのか。

誘惑のくだりはともかく、カイルとのセックスが嫌いではないのは本当だった。

どうせ夢だということになるのなら、何をしても言ってもいいはずだと、ユーリアも遅れればせながら開き直った。

「んっ、好き……カイルに抱かれるの、私も好き……」

「だから？」

「い……いかせてほしい、ですっ……カイルの……カイルの硬くて大きいので、いっぱい擦られて、いきた……――っ、ぁああ⁉」

「合格」

赤裸々なおねだりが功を奏し、カイルは雄芯を引き抜くと、再び一息に貫いた。

手首を縛られて吊るされた哀れな生贄《いけにえ》のようなユーリアを、下からずんずんと突き上げて、尾を引く嬌声を上げさせる。

「気持ちいいか？　ユーリア」

「あっ、あんっ、いい……して……気持ちいいの、もっとしてぇ……！」

「さっきの蔦に犯されたときよりも？」

「蔦なんかより、カイルのがいい……私の中で、びくびくしてるの好き……かわいい……っ」

「可愛いのはあんたのほうだろ」

カイルの手が頤《おとがい》を摑み、ユーリアを振り向かせて口づけた。

正面からは重ならない、噛みつくような野性的なキス。ユーリアも夢中で舌を伸ばし、水音を鳴らして唾液を啜《すす》る。

呼吸がままならず、空気を取り込むのもつらいのに、カイルのほうはものともせずに力強い律動を繰り返した。

「んっ、……いくっ！　いっちゃいます……ぁぁあんっ……！」

勝手気ままに蜜壺をずちゅずちゅと抉られながら、全身を痙攣させて絶頂する。

本来なら体勢を崩して倒れ込んでしまうところだが、全身に絡む蔦がそれを阻んだ。しかもカイルは、まだユーリアを解放するつもりはないらしい。

「あっ、あ、動かないで……むり、だめ、ゆるして……っあああぁ……！」

「は――中、すごいな……食いちぎられそうに絞ってきて……今、また達っただろ」

「ひぁっ、あ……わかん、なっ……」

「わからないって？　あぁ、こんなに泣いて……ほんとに可愛いな、ユーリア……好きだ」

「わ、私も、好きっ……カイルが、好き……好き……」

「もっと繋がってたい、けど――、っ……限界……――」

堪えることをやめたカイルの肉棒が、ごりごりと遠慮知らずに中を擦った。

「ぃ、うぅっ……ああっ、やっ……!?」

体の内側がどろどろに溶けて、かろうじて人の形を保っているかのようだった。

あまりの気持ちよさに随喜《ずいき》の涙が止まらず、瞼の裏がちかちかする。耳に届くのは互いの吐息と、肉と肉のぶつかる生々しい音だけだ。

貪欲に快楽を求める蜜洞が収縮し、雄肉を根元から絡め取ろうとする。

子種を撒《ま》かれたい雌の本能からか、腰がおのずと左右に揺れ、吐精を促す甘えた声が出た。

「はぁあっ……もっと……奥まで来て……ん、出して……いっぱい出してぇ……」

「ああ、達くぞ……ユーリアの奥で、全部出す……っ……！」

深い場所に嵌まった亀頭がぐっと膨らんだと思ったら、体内で熱が爆《は》ぜ、長々とした射精が始まった。

一滴たりとも漏らさぬよう、みっちりと穿ったまま注ぎ込まれる精液の熱さに、ユーリアもまた絶頂する。

瞳孔が開き、全身ががくがくと震えたのち、細い首が折れるように垂れた。

それと同時に、部屋中に繁《しげ》った蔦が蒸発するように消えていく。

体が自由になり、倒れ込むユーリアをカイルが抱き留めた。

そのまま二人して床に倒れ、荒い息をついているうちに、我に返ったらしいカイルが、

「……変だな」

と呟いた。

「まだ目が覚めない……夢にしては長すぎるけど、どうせならもう一戦くらい――」

「じょ……冗談じゃありませんっ！」

これ以上付き合う体力は、さすがに残っていない。胸に伸びてきた手を払い、ユーリアはと

うとう叫んだ。

「寝惚けるのもいい加減にしてください！　これは現実ですから！」

「は？　だって、裸エプロン……こんな、俺の妄想そのものが――現実？」

「気の迷いでちょっと着てみただけです。途中でカイルが起きちゃったから、なんとか誤魔化そうと思って――」

　こうなるに至った経緯を、ユーリアは口ごもりつつ説明した。

　話を聞くうちに、カイルの表情はおかしなものになっていった。

　ばつが悪いような、笑うのを堪えているような、一言では言えない顔だ。

「なんというか、その……すまなかった」

　事態を理解して謝る口調は、いつものカイルのものだった。

　鹿爪らしく言った端から、彼は肩を震わせて笑い出した。

「それにしても、君は案外付き合いがいいんだな。裸エプロンだけじゃなく、あんな蔦にまでしっかり感じて……」

「好きで付き合ったわけじゃありませんし、こんなことのために魔力を譲り渡したんじゃありません。カイルの馬鹿！　むっつり！　変態魔法使い――！」

　思いつく限りの悪口を浴びせるユーリアを、カイルは平然と抱きしめて、

「ありがとう。とても可愛かった」

とキスするものだから、ユーリアはそれ以上怒れず、真っ赤になって黙ってしまった。

と、階下の柱時計がまたしても時を告げる。

「えっ、もう九時⁉」

ボーン、ボーン……と響く音を数えて、ユーリアは慌てた。

ついさっきは七時だったのに、朝っぱらから二時間も愛欲に耽《ふけ》っていたわけだ。

「今日は領地に行く日でしょう？　早くしないと遅れちゃいますよ」

「正直だるいな。雨も降りそうだし、行きたくない」

「何を甘えたことを言ってるんですか」

「いや――なんとなく、今日はここにいたほうがいい気がする」

カイルの言葉を、ユーリアは真剣に受け止めていなかった。

「駄目です。カイルの力を必要とする人たちがいるんですから、ちゃんとお仕事してください」

毒を食らえば皿までとばかりに身を起こし、両手両膝を揃えて座る。

「行ってらっしゃいませ、ご主人様」

と上目遣いで小首を傾げてみせると、裸エプロンの効果か、カイルはすっくと立ちあがり、

「支度をしてくる」

と姿を消した。瞬間移動の術で自室に戻ったのだ。

（ほんとに手がかかるんだから）

ユーリアは肩をすくめて苦笑し、自分もまともな服に着替えるべく、エプロンのリボンをようやく解いた。

第七章　過去との訣別、そして未来へ

ぱらぱらと雨が窓ガラスを叩く音で、ユーリアは目を覚ました。

（やだ……いつの間にか寝ちゃってた？）

領地に向かうカイルを見送ったあと、居間のソファでひと休みしていたら、うとうとしてしまったようだ。

起き抜けにあんなに激しく抱かれたのでは無理もない――と考えて、淫らな記憶を振り払うように首を振る。

窓の外に目をやると、朝よりも厚みを増した黒雲が空を覆っていた。今はまだ小雨だが、これから激しくなるのだろうか。

（最近はあんまり降ってなかった分、大雨になるのかも。湿原の植物や生き物にとってはいいことだけど……――ん？）

ふと、気にかかることが頭に浮かんだ。

お湿り程度の雨は何度かあったが、本格的に降ったのはいつだったか――一ヶ月以上は前だったのではないか。

（先月？　ううん、先々月の末だったかも。そうよ、覚えてる。だって、あのとき……）

無意識のうちに下腹に触れたとき、

――コン！　コンコンッ！

と硬質な音がした。

玄関扉のノッカーを誰かが叩いている音だ。

（食材の配達をお願いしてるおじさんかしら？　そういえば昨日、小麦粉の量を間違えて……足りない分は来週で構わないって言ったのに、わざわざ届けに来てくださったとか？）

考える間にもノックの音は途切れず、ユーリアは居間を出た。ドレスのスカートをからげ、小走りになって廊下を急ぐ。

玄関ホールに辿《たど》り着《つ》いて扉を開けた途端、強い風と雨粒が吹きつけた。

「遅かったわね。早く入れてちょうだい」

ユーリアを押しのけるようにして入ってきたのは、馴染みの配達人ではなかった。

五十代くらいの女性だ。

若い頃は美人だったのだろうが、頬の肉が落ちて険の強さが滲《にじ》む顔立ち。

身に着けているのは皺だらけのブラウスとショールに、毛玉の浮いたスカートだった。

「カイルの住んでる屋敷ってのは、ここなんでしょ？」

「あの……どちら様でしょうか？」

カイルの名を出すということは、彼の知り合いなのだろうが。

「あたしはサリー。カイルの母親よ」

「えっ……!?」

驚いてまじまじと見つめた顔には、確かに覚えがあった。

カイルの意識に同調し、彼の視点で過去を追体験したときのことだ。

金目当てに息子を売った身勝手な母親——あの女性に歳をとらせ、目や口の周りに皺を刻めば、今のような顔になる。

「ご用向きはなんでしょうか？」

声が低くなるのを抑えられなかった。

カイルにとって、良い母親だったとはお世辞にも言えない人物だ。いきなり現れてなんのつもりかと警戒するのは当然だ。

「私はカイルの妻で、ユーリアと申します。夫は今出掛けていて……」

「知ってるわよ、あんなに派手な結婚式をしたんだから。王女様と結婚するなんて、あの子も出世したものね」

サリーは肩をすくめ、ふいに神妙な顔になった。

「カイルに謝りたいの」

「……謝る?」

「聞いてるかもしれないけど、あたしはあの子にひどいことをしたの。ようやく居場所がわかったからには、せめて謝罪がしたくて。あの子が帰るまで待たせてもらえないかしら?」

サリーの真意が見えず、ユーリアは眉をひそめた。

(本心から言ってるの?)

彼女の思惑はともかく、大事なのはカイルの気持ちだ。

いまさら母親の顔など見たくないかもしれないが、真摯に詫《わ》びてもらうことを望んでいないとも言い切れない。

父親が亡くなっている以上、カイルの身内はもはや彼女だけなのだから。

(どのみち、この雨の中を帰ってもらうのはよくないかも……)

サリーは傘も持っていなかった。ユーリアにとっては姑《しゅうとめ》にも当たる女性を、無情に追い返すのは躊躇われた。

「……わかりました。ひとまずこちらへ」

ユーリアはサリーを案内すべく、先に立って歩き出した。

カイルが帰ってきたら、母親が訪ねてきたことを告げてどうしたいかを訊く。

会いたくないと言うのなら、何がなんでも帰ってもらう。

とにかく、カイルの心を尊重するのが第一だ。

「いいお屋敷ねぇ。さすが公爵様の家ともなると、置かれてるものが違うわね」

玄関ホールのシャンデリアや廊下に飾られた絵画を、サリーは大げさに褒めそやした。

もともとこの家に住んでいたのは、クレメンティアを拾って育てた魔女の老婆だ。

彼女が貴族の生まれだったので、その家の財力によって建てられた屋敷には、王女であるユーリアの目から見ても上質な品が揃っている。

それにしても、サリーの態度はいささか不躾《ぶしつけ》だ。

いちいち立ち止まって飾り台の壺を持ち上げたり、関係のない部屋を覗こうとしたりするものだから、応接室に着くまでにやたらと時間がかかってしまった。

「お茶をお持ちしますので、こちらでお待ちください」

「ありがたいわぁ、王女様にお茶を淹れていただくなんて」

わかりやすくへつらうサリーをその場に残し、ユーリアは厨房に向かった。

ケトルを火にかけ、深い溜息をついたところで、肩に力が入っていたのだとわかった。

ずっと音信不通だった、夫にとって折り合いのよくない母親。

そんな人物のそばにいて緊張しないわけはないが、それにしても居心地が悪い。

うっすらとした吐き気すら覚えて、さすがに敏感になりすぎていると思ったところで、しゅんしゅんとお湯が沸き出した。

茶器一式をトレイに載せて、ユーリアは応接室に戻った。

「お待たせしました。……サリーさん？」

部屋に入ったユーリアは戸惑った。

サリーの姿がどこにもない。トレイをテーブルに置いて、カーテンやソファの裏までを覗いてみるがやはりいない。

手洗いだろうかと思ったところで、絨毯に擦れた泥の跡に気がついた。

雨の中を歩いてきたせいで、サリーの靴の裏が汚れていたのだ。玄関にはドアマットを敷いていたが、泥を落としきれていなかったのだろう。

廊下に続く足跡を辿ると、居間の前で途切れていた。ついさっきまでユーリアがうたた寝をしていた場所だ。

妙な胸騒ぎがして、扉を細く開けてみる。

隙間から中を覗き込み、ユーリアは息を呑んだ。

「まったく……簡単に持ち出せそうな金目のものってのは、案外ないもんね」

ぶつぶつと文句を言いながら、サリーがキャビネットの抽斗を開けて中身を漁《あさ》っていた。

「あの小娘の部屋に忍び込めたら、宝石のひとつやふたつはくすねられそうだけど。カイルから金をせびり取れなかったときのために、それくらいはね。……まさか、あの子が王女の婿になるなんて想像もしなかった。何がなんでも手放すんじゃなかった。男たちがあたしを捨てても、血の繋がった息子だけは母親を捨てるはずがなかったのに……！」

卑しい舌打ちの音に、ユーリアは虚脱感を覚えた。

『カイルに謝りたい』という言葉を信じたいと、一瞬でも思った自分が間違いだった。

老いて美貌の衰えたサリーは、もはや男にすがって生きることも叶わず、息子を金蔓《かねづる》にしようとやってきただけだったのだ。

（カイルが帰ってくるのを待つまでもないわ。今すぐ出て行ってもらわなきゃ）

意を決した矢先のことだった。

サリーがぴたりと動きを止め、何かの発作を起こしたように胸を掻き毟《むし》った。

「……ぐ、あっ……ううぅ……！」

ユーリアはぎょっとして居間に飛び込んだ。

「大丈夫ですか⁉」

叩《たた》き出すつもりの相手を心配するのは矛盾した行為かもしれないが、具合の悪い人を放ってはおけなかった。――と。

『相変わらずお人好しだねぇ、クレメンティアは』

「っ……⁉」

ふいに響いた声に、ぞわりと鳥肌が立つ。

動いているのはサリーの口だが、その声は明らかに別人のものだった。

彼女の眼球は裏返り、息も絶え絶えにもがいているのに、唇だけは悠々と言葉を紡いでいる。

『ああ、そっか。今の君はクレメンティアじゃないし、魔女でもないんだっけ？　カイルって小僧に何もかも譲り渡しちゃって、今世じゃただの人間かぁ』

「誰なんですか、あなたは！」

思わず誰何《すいか》したものの、声の正体はわかっていた。ただ認めたくなかったのだ。

（だって、彼はクレメンティアが――前世の私が死なせたはずで）

『ちょうどこの部屋だったよね』

サリーがぶくぶくと泡を吹いた瞬間、がしゃん！　と窓が割れた。

とっさに身を屈めたユーリアの横で、サリーは雨風に煽られたガラス片をまともに浴びた。

血を流して倒れる体から赤い燐光《りんこう》が飛び出し、くるくると螺旋《らせん》を描いて浮遊する。

『ああ、長かったなぁ！　君に焼かれた体が再生するまで、ざっと二十年！　悪霊避けの結界が邪魔だったけど、この女に取り憑《と　つ》いてやっと入り込めたよ。欲深なサリーに感謝だなぁ！』

けたたましい笑い声が反響し、ユーリアは耳を押さえてうずくまった。

砂粒のように微細な何かが、床や絨毯の上を滑るように移動している。

よく見れば、それは砂ではなく灰だった。

およそ二十年前、この部屋で消滅した「彼」のなれの果てが、一点に集《つど》い、盛り上がり、人の形を成したところで赤い燐光と融合した。

そうして、次の瞬間。

「あっははは！　ふっか――――っ！」

両拳を振り上げ、子供のように飛び跳ねる青年がそこにいた。

金色の瞳は爛々《らんらん》と輝き、口元からは犬歯が覗いている。鮮やかな赤毛に巻かれたターバンが、吹き荒れる風に靡《なび》いて翻《ひるがえ》った。

（サイード……！）

死んだはずの魔法使いから、ユーリアは尻もちをついて後退った。

「生き返ったなんて……どうして……」

「【湿地の魔女】だった君は知ってるだろ？　魔女や魔法使いは、当人にしか使えない独自の禁術を識《し》ってるって」

サイードはせせら笑い、怯えるユーリアを見下ろした。

「君の場合は、初めての性交と同時に命と魔力を譲り渡す術。でもって僕は不死の術。本来の寿命を迎えるまでは、たとえ何回殺されても、時間をかけて再生できる魔法だよ」

禁術とは誰かに教えられたり、魔術書を読んで学ぶものではない。

生まれながらにして、己に何ができるかを理解している――まさに本能的に識《し》るものだ。

（不死の術ですって？　そんな反則技があっていいの？）

命を操れる魔法使いはとても少ないのだと、クレメンティアを育てた老婆は言っていた。

ただサイードの場合、厳密には死んではいなかったのだろう。

肉体が灰と化しても、もともとの寿命に至らない限り、時間をかけて蘇る。切っても切っても再生する、気味の悪いコウガイビルのように。

その魂は悪霊とみなされ、カイルの張った結界に阻まれて屋敷に入り込めなかった。

一方、サイードの肉体は——正直、考えたくもないことだが——目に見えない粒子となってこの場に留まり続けていた。

そこへたまたま訪ねてきたサリーにサイードの魂が憑依して、その肉体を隠《かく》れ蓑《みの》に結界を潜《くぐ》り抜けたということらしかった。

「……出て行って」

恐怖を押し殺し、ユーリアは言った。

前世と同じく、この男には敬語を使う必要を感じなかった。

「あなたにとって、クレメンティアに殺されたことは不服だったかもしれないけど。突然現れて、ひどいことをしようとしたそっちにも非はあるはずよ」

「ああ、そうだね。僕が間違ってたよ」

サイードは殊勝な顔つきになり、ユーリアのそばで膝をついた。

まさか素直に認めるとは……と呆気に取られた途端に、頭頂部の髪を鷲摑みにされて痛みに呻く。

「カイルに見せつける目的で君を抱こうとしたのは間違いだった。あいつの邪魔が入らなきゃ、あんなふうに油断することもなかったんだ。やっぱりこういうことは、二人でじっくり楽しまなきゃね」

髪から手が離れた隙に、体重をかけて押し倒された。

息を詰めるユーリアに、サイードは笑顔のままで告げた。

「魔法を使えないってことは、抵抗する手段がないってことだ。長い間煮え湯を飲まされた腹いせに、滅茶苦茶に犯してから殺してあげるよ」

言うなり、サイードはドレスの胸元を引き裂いた。

シュミーズごと破かれて胸の膨らみが露わになり、ざっと血の気が引いた。

「乳首の色、すごく綺麗だけど、今世でもまだ処女なわけ？　……って、そんなわけないか。わざわざ生まれ変わってくるくらいカイルのことが好きだったなら、当然ヤりまくりだよね。無垢な体を血まみれにして犯すのも好きだけど、熟れた体も嫌いじゃないよ」

「っ……！」

魔力を失って悔やんだことなど、今世では一度もなかったのに。

下劣な台詞《せりふ》を吐かれ、生温かい息を耳元に浴びせられながら、魔法を使えればよかったと今ほど切望した瞬間はなかった。

（そうよ。魔法が使えたら、こんな奴一撃で撥《は》ね飛ばして……——）

かつては呼吸するのと同じように、この身に宿る魔力を自在に操れた。

それは普段、穏やかな川の流れのように体内を循環している。そこに方向性を持たせ、目的に応じた形にして出力することが、魔法を使うということだ。

「さぁ、人妻になったユーリアちゃんは、どんなふうに感じて喘いでくれるのかな？」

剥き出しの胸に掌を這わされた瞬間、膨れ上がった嫌悪感がついに弾けた。

「触らないで——……！」

臍の下がかっと熱くなり、眩《まぶ》しい閃光《せんこう》が爆《は》ぜる。

バチィッ！　と鞭打《むちう》つような音が弾けて、サイードの体は吹き飛ばされた。背中から壁に叩きつけられ、咳き込みながらその場に崩れ落ちる。

「……っ、なんだ……？　今、僕に何をした……!?」

手負いの獣のような目で睨まれ、ユーリアは凍りついた。

「今のは魔法か……？　馬鹿な……ただの人間のくせに、魔力なんて……」

「し……知らないっ……！」

何が起きたのか、本当に自分でもわからなかった。

重要なのは、この隙に少しでも遠くへ逃げることだ。

力の入らない手足に「動け！」と命じ、どうにか立ち上がる。

廊下に出るには、位置的にサイードの前を通らなければならなかった。逡巡《しゅんじゅん》も束の間、ユーリアはキャビネットによじ登り、割れた窓目掛けて身を躍《おど》らせた。

飛び降りた先はぬかるんだ地面で、室内履きの足がずぶずぶと埋まる。

みっともなく転び、また起き上がって、屋敷から湿原に続く道を夢中で駆けた。

冷たい雨風が吹きつけ、濡れたスカートが脚に絡んで、たちまち体温を奪われていく。

「逃げるな……！」

頭上から怒声が降ってきた。

見上げれば灰色の空の中、極楽鳥に似た鳥が羽ばたいていた。魔法で姿を変えたサイードだ。

「一度ばかりか、二度までも僕を虚仮《こけ》にしたな！　お前もここで消し炭になれ……！」

カッ――！　と開いた嘴《くちばし》の中に、バチバチと青い雷が生じる。

恐怖で足がもつれ、ユーリアはまた転んだ。迫り来る死を前にしたせいか、吐かれた雷撃を浴びるまでの時間は奇妙に間延びしていた。

（こんなところで死ぬの？　……本当に？）

カイルに出会い直すために、せっかく生まれ変わってきたのに。

彼の妻になれて、ようやく幸せな日々を送っていたのに。

それに、もしかするとこの体には――……。

（ああ……駄目だ、もう……）

青い雷光が迫り、ユーリアはぎゅっと目を閉じた。

衝撃に備えて身を丸め、最期《さいご》の瞬間を迎えようとして――そして。

バチバチバチッ――……！

激しい空気の振動に、ユーリアは何が起きたのかと瞬きした。

体はどこも痛くない。

振り仰いだ先に見えたのは、広い背中と風に煽られる銀色の髪。

空に向けて掲げた彼の手の先で、光り輝く魔法陣が盾となって雷を受け止めていた。

「お前、どこから――……があぁっ⁉」

魔法陣が防いだ雷撃が、天に向けて弾《はじ》き返《かえ》される。

正面からまともに食らったサイードは、色とりどりの羽根をまき散らし、錐揉《きりも》みしながら落ちていった。

落下の瞬間を見届ける前に、ユーリアは怒鳴られていた。

「どうしてすぐに俺を呼ばない！」

大声にすくんだ体を、引き起こされて抱きしめられる。

膝をついた彼の腕の中で、ユーリアは呆然と呟いた。

「カイル……？」

領地にいたはずなのに何故——と思った端から、カイルが溜息をつく。

「たまたま遠見の術で、様子を覗いたからよかったものの……少しでも遅れていたら、どうなっていたと思ってるんだ」

「の、覗いていたんですか？　いつも？」

「当然だ。俺がそばにいない間、君に何かあったら後悔どころの騒ぎじゃないからな」

「ご心配ありがとうございます……って、でもですね！」

少しくらいは悪びれてほしい。ちょうど覗いたタイミングが、用を足しているところだったりしたらどうするのだ。

「そもそもどうしてあいつが生きてる？　君の服が破れているのはどういうわけだ？」

カイルの上着を着せかけられながら尋ねられ、ユーリアは答えに迷った。

事情を説明しようとすれば、カイルの母親が訪ねてきたところから話すべきなのだろうが。

「実は、サイードは不死の術を使える魔法使いだったみたいで……」

話しにくいところを省き、サイードが蘇ったという部分だけを伝えたところで、地を這うような声がした。

「……けるな……ふざけるな、ふざけるな！」

サイードだった。

鳥から人間の姿に戻った彼が、ぎくしゃくとした動きで立ち上がる。癒しの術を使っているのか、雷に焼《や》け爛《ただ》れた肌はたちまち元に戻っていった。

「この僕の体に傷をつけたな？　お前なんか、生まれながらの魔法使いでもないくせに……！」

激昂《げきこう》したサイードが叫ぶと、足下の地面がぼこぼこと波打った。

大量の泥が噴き上がったと思ったら、巨大なミミズに似た化け物の群れが現われ、いっせいに襲い掛かってきた。

「ひっ……！」

息を呑んだユーリアを、カイルが素早く抱えて宙に逃《のが》れる。

赤黒く濡れ光り、およそ二十尺（約六メートル）もの体をのたうたせる化け物が、口吻《こうふん》から粘液を吐いた。かすめられたカイルの服の袖が、じゅうっ！　と煙を上げて溶けた。

「大丈夫ですか⁉」

「問題ない。――それにしても悪趣味な術を使うな」

（いや、にょろにょろした生き物ってことなら、今朝の蔦も大概なんですけど……）

嫌悪も露わなカイルに、そんな場合ではないと知りつつ、ユーリアは突っ込みたくなった。

そんなことを考える間にも巨大ミミズは数を増やし、地面に降り立つことができなくなる。

生々しい肉色の絨毯が蠢いているようで、グロテスクさに気が遠くなりそうだ。

その中心に立ったサイードが、狂ったように哄笑《こうしょう》する。

「あはははっ！　そっちは防戦一方だねぇ⁉」

彼の言うとおり、襲いかかる化け物から身をかわすカイルは反撃に転じる隙がない。万一にもユーリアを傷つけないよう、気を配っているからなおさらだ。

（まずは体勢を立て直さなきゃ……！）

同じことを思ったのか、カイルが進路を変えた。

屋敷の陸屋根に降り立って、ひとまず飛翔《ひしょう》の術を解く。

ユーリアたちを追い詰めようとするミミズの群れが、壁面を這《は》い上《あ》がってきた。

その一匹一匹に、カイルは火焔《かえん》をぶつけて焼き払う。生臭い煙をあげて縮んでいくものの、いかんせん数が多すぎるのでいたちごっこだ。

「駄目だな。こうなったら大本を断つしかない」

「でも、サイードは何度倒しても復活するんです」

渋面になるカイルにユーリアは言った。

平たいとはいえ濡れた屋根の上なので、万一にも風に飛ばされて落ちないよう、四《よ》つん這《ば》いに近い格好で。

「確かに、いつ蘇ってくるかと警戒しながら暮らすのは御免だな」

「ただ、サイードはこうも言っていました。『本来の寿命を迎えるまでは、たとえ何回殺されても、時間をかけて再生できる』って」

「――なるほど」

　ユーリアの言わんとすることが、カイルにも伝わったようだった。

　前世のユーリアが宿していた魔力は、カイルにそのまま受け継がれている。クレメンティアだった頃の自分にできたことなら、今のカイルにも可能なはずだ。

　それでも過保護な親のように、つい尋ねてしまう。

「ちょっと難しい術なので、呪文が必要ですよ。大丈夫ですか？」

　単純な魔法なら、数を暗算するように一瞬で発動できるが、複雑な効果を求めるほどに、魔力を増幅する補助装置が必要だ。

　それが古代語で織り上げた呪文であったり、魔道具であったり、場合によっては贄となる生き物だったりする。

「心配いらない」

　カイルが人差し指でこめかみを叩いた。

「前世の君の知識なら、すべてここにある」

「頼もしいです」

　ユーリアが笑顔を浮かべたときには、詠唱は始まっていた。

「――黄昏の時は至る《アランドラ・リマ》。生命の輝きは失われ《ケセル・ラ・ミリマート》、汝が骨と血と肉に不可逆の衰えをもたらさん《サージャルハ・セラ・ミリ・ルベラ》」

ユーリアの大好きな艶のある声で、呪文という言霊が朗々と織り上げられていく。

それとともにサイードの身に異変が起こった。

「っ……なんだ、これは……⁉」

自身の目の前にかざした彼の手が、水気を失ってしなびていく。

変化が起きたのは手だけではなかった。

頬の肉が弛《たる》み、目の下が窪み、頭蓋骨の形が浮き彫りになる。

見えない手で押し潰されるように腰が曲がり、赤い髪の色が抜けて白くなる。

驚愕に震える声は、別人のようにひしゃげていた。

「まさか……まさか、この術は……！」

「ええ。あなたの命を早回ししているんです」

詠唱を続けるカイルに代わり、ユーリアが言った。

カイルが構築しているのは、サイードの肉体を高速で老化させる術だった。

本来の寿命が来るまでは何度殺しても死なないのであれば、その命のほうを燃やし尽くしてやればよいのだ。

「くそ……くそっ……死んで、たまるかぁぁぁあっ……！」

焦りに駆られたサイードが、棒切れのようになった腕を振り上げた。

咆哮《ほうこう》に応えたミミズたちが体を伸ばし、絡まり合って、ユーリアたちが立つ屋根の上をドーム状に覆い尽くしてしまう。
肉色の壁や天井から、無数の口吻がうねうねと突き出した。
おぞましすぎる光景に、カイルの詠唱が途切れる。
粘液の攻撃に備えようとしているのだとわかって、ユーリアは叫んだ。
「駄目です、呪文を途切れさせないで！」
あと少しでこの術は完成して、サイードは今度こそ死ぬ。
しかし、このままでは自分たちの肉も骨も溶かされてしまう。
カイルの逡巡を打ち消すように、ユーリアは言った。
自分でもどうしてそんなことが言えたのか、わかるようでわかっていなかった。
「大丈夫。私に任せて。カイルはサイードを倒すことだけに集中してください」
その口調はまるで、クレメンティアそのものだった。
年上としてカイルを守り、導く義務があるのだと、気負っていたあの頃の。
同じことを感じたのか、カイルが迷いをねじ伏せて詠唱を続ける。
サイードの絶叫が響き、彼に操られるミミズたちがいっせいに口を開いた。
ユーリアはその場で立ち上がり、右腕を水平に伸ばした。
（できるわ。今の私なら）
カイルを守らなければと思うと、腹の底から謎の力がみなぎってくる。

全身にひたひたと満ちていくそれは、懐かしいようで新しい不思議な感覚だった。

どうすればいいのかは本能が知っている。

ビシャアッ！　と四方から粘液が吐き出された刹那、ユーリアは強く念じた。

（──弾《はじ》け！）

瞬間、ユーリアたちの周囲をまばゆい光の膜が覆う。

それは降りかかる粘液を弾き返し、ミミズたちを逆に溶かしてしまう。

赤黒い肉片がぼたぼたと崩れ落ちてきても、光に守られたユーリアたちは血の一滴すら浴びなかった。

気づけば視界が晴れて空が覗き、カイルが驚愕の面持ちでこちらを見つめている。

詠唱を続けろと、今度は言う必要もなかった。

すでに術は完成し、老いさらばえた遺体がひとつ、泥の中に倒れていた。

安堵《あんど》の息をついて腕を下ろしても、光の膜はまだ消えず、降りしきる雨を防いでいる。

「ユーリア……──これは」

「お察しのとおり、防御魔法です」

「もしかして魔力が戻ったのか？」

「いいえ。一時的に借りてるだけです」

「借りた？　……誰から？」

「私たちの赤ちゃんから」

　ユーリアが両手でお腹に触れると、カイルは耳を疑うように固まった。

「どうやら私、妊娠してるらしいです。この子も魔力を持っていて、サイードから私を守ってくれたみたいで」

　月のものが来ていないと気づいたのも、悪阻《つわり》の始まりのような吐き気を覚えたのも本当にさきほどのことだった。

　これほどの雨が降ったのはいつ以来だろうと考え、先々月の末だと思ったとき、その頃の自分は月経痛で臥《ふ》せっていたと思い出した。

　ただの生理不順にしては、かなりの間が空いている。

　もしかして――と考えていたところ、サリーが訪ねてきてうやむやになってしまったが、サイードに犯されそうになったときに臍の下が熱くなり、謎の閃光が彼を弾き飛ばした。

　あれはきっと、お腹の子がユーリアを助けてくれたのだ。

　防御魔法の結界を張ることができたのも、必ず成功する自信があったのも、臍の緒を通じて胎児の魔力が流れ込んできたおかげだった。生まれる前から、つくづく親孝行な子だ。

「ということなんですけど……ええと、カイル？　聞いてます？」

　時が止まったようなカイルを前に、ユーリアは首を傾げた。

　もしかして、子供ができたことが嬉しくないのだろうか――と不安になった、そのときだ。

「ちょっと、誰かいないの⁉　痛いのよ、怪我してるのよ、助けて……！」

哀れな声が真下から響いて、ユーリアははっとした。

「ごめんなさい、忘れてました！　今、カイルのお母様が来ていて――」

「わかってる」

カイルは表情を強張らせて吐き捨てた。

「……あの女の声は、一生忘れられないからな」

◆◆◆

一日中降り続けていた雨は、夜半になってようやく止《や》んだ。

浴槽の縁に頭を預けたユーリアの視界で、白い湯気がほわほわと立ち昇っていく。

温かな湯に包まれながら、疲れ切った体をユーリアはようやく弛緩《しかん》させた。

（……今日はなんて一日だったのかしら）

朝っぱらから、裸エプロン姿でいやらしく盛《さか》ることになってしまって。

カイルの留守中に、彼の母親を名乗る女性が訪ねてきて。

そのサリーに取り憑いていたのが、とっくに死んだと思っていたサイードの魂で。

復活した彼に襲われて、間一髪というところでカイルが助けにきてくれて。

どうにかサイードを倒して、お腹に赤ん坊がいることがわかって、それから――。

『痛い、痛いのよ、助けて！　なんだってあたしがこんな目に……！』

蘇るのは、耳に突き刺さるきんきん声だ。

あのあと屋敷の居間に戻ってみると、ガラスの散った床に倒れ、サリーがべそをかいていた。どうやら、サイードが現われた以降の記憶はないらしい。ずっと意識を失っており、気づけば誰もいない部屋で血まみれになっていたということだ。

カイルの姿を認めるなり、彼女はぴたりと黙った。

部屋の入り口に立ったまま近づこうとしない彼をまじまじと見つめ、媚《こ》びるように笑った。

『カイル……カイルなの？　久しぶりねぇ、母さんよ』

返事がないことが気まずいのか、声はますます甲高く、早口になっていく。

『噂で聞いたわ。結婚おめでとう。――ねぇ、よくわかんないけど、あんたは魔法が使えるんでしょう？　この怪我、早くどうにかしてくれない？』

（『よくわかんないけど』って……）

あまりの無頓着さに、隣で聞いていたユーリアは絶句した。

自分の子が知らない間に魔法使いになっていたら、一体何があったのかと気になるのが普通だろう。

『どうして黙ってるの？　返事をしなさい！　昔はあんなにいい子だったのに、どうしてあたしを無視するのよ！』

責め立てるサリーを、カイルは黙って見下ろしていた。

その瞳に浮かぶ感情を、なんと表現すればいいのだろう。

憎しみや嫌悪というよりも、軽蔑や憐《あわ》れみ、虚しさといった枯れた色に近かった。

カイルが仕方なさそうに近づいて手をかざすと、サリーの傷はたちどころに塞がった。

『ほら、できるんじゃない！　簡単なことをいちいちもったいぶらないでよね』

上機嫌になったサリーは、カイルの正面に立つと、ぎょっとしたように息を呑んだ。

彼女のもとを飛び出したときのカイルは、まだ十四歳だった。

見上げるほどに背が伸びた大人の息子を前にして、威圧されるような気持ちになったのかもしれない。

『あのね……昔のこと、母さんが悪かったわ』

わざとらしく目を伏せ、サリーはそう切り出した。

『でも、優しいカイルならわかってくれるわよね。母さんにだっていろいろ事情があったのよ』

『いろいろ？』

カイルがようやく声を発した。

ユーリアが初めて耳にする、他人行儀な敬語だった。

『具体的には何に関する謝罪ですか？　酒浸りで働きもしない男を伴侶に選んだ愚かさについて？　そんな父親に殴られる俺を、見て見ぬふりをしていたことも？　自分ばかりが被害者だと主張して、不倫を繰り返したことは？　挙句に息子の体を売って――』

『あたしのことを責めてるの⁉』

サリーは目を吊り上げたが、すぐに取り繕うようにへらへらと笑った。

『いまさらやり直せない昔のことばっかり言わないで。あんただって、今は王女様の婿になって幸せにやってるんだから、許してくれるでしょう？』

『許されなければいけないことをしたという自覚があるようには思えませんが。今の俺が幸せなのはユーリアのおかげであって、あなたとは何の関係もないことです』

『よくもそんな冷たいことが言えるわね。誰が産んでやったと思ってるの！』

再びの金切り声に、ユーリアは耳を塞ぎたくなった。

サリーは口から唾を飛ばし、なおもまくし立てた。

『何時間も死にそうな思いをしてやっと生まれたと思ったら、昼も夜もぎゃあぎゃあ泣いて、ちっとも眠れやしなかった！　臭くて汚いおむつを替えながら、子供なんか産まなきゃよかったって何度思ったか。育児に疲れて家事ができなかったり、夜の相手ができなくなると、あたしは父さんに殴られて……あんたがあんなに手のかかる赤ん坊じゃなかったら、あたしは父さんに愛されたままでいられたのよ！　それでも十四になるまでは育ててやったんだから、感謝こそされ、文句を言われる筋合いなんかないでしょう!?』

『赤ちゃんは泣くものだし、おむつだって汚すものじゃないですか』

ユーリアはたまりかねて口を挟んだ。

サリーが責めるべきは、育児に関わらず暴力を振るう夫であって、断じて赤ん坊だった頃のカイルではない。

『生意気言うんじゃないわよ。子供を産んだこともないお嬢ちゃんに何がわかるの』

厭味《いやみ》っぽく笑われて、ユーリアは歯噛みした。

これから自分も母親になるのだと思わず口にしそうになったが、カイルは物言いたげに首を横に振った。――黙っていろ、ということだ。

『とにかく、あんたはあたしの息子なの。親子の縁はどうしたって切れないわよ。だから……ねえ、わかるでしょう?　困ってる母親を、少しくらい助けてくれない?』

強気になったり下手に出たりと、サリーの態度はころころと変わる。

他人のユーリアでさえ辟易《へきえき》するのだから、血の繋がったカイルはどれほどだろうか。

『それが本題ですか』

案の定、カイルはうんざりしたように言った。

サリーが金目のものを物色していたと告げるべきか迷ううちに、彼の手元にペンと小切手が現れる。

考える間も置かず、カイルはそこに数字を書き込んだ。

小切手を受け取って顔を輝かせるサリーの様子から、それなりの金額なのだと察した。

『ああ、カイル！　あんたはやっぱり親孝行ねぇ。苦労して育てた甲斐《かい》があったわ』

産まなければよかったと言ったばかりの口で、サリーはぬけぬけとのたまう。

そんな彼女にカイルは告げた。

『これが最初で最後です。その金は手切れ金なので』

『……は？』

『この先、二度と目の前に現れず、俺の身内を名乗ることもしないと誓ってください』

『あんたは親を捨てるっていうの⁉』

この先もたびたび集《たか》る気だったのだろう。激昂するサリーに、カイルは冷ややかに言った。

『先に俺を捨てようとしたのはあんたのほうだろう』

ふいに乱暴になった口調に、サリーがたじろぐ。

我が子を置いて家を出る出ないの話ではなく、カイルを産んで間もない頃から、サリーは親であることを放棄していた。

同じ家の中で暮らしていても、最低限の衣食住は与えられていても、カイルはずっと見捨てられた子供だったのだ。

『今度こそ、俺のほうからもあんたを捨てる。そのための金だと思えば安いくらいだ』

『っ……この恩知らず！　罰当たり！　あんたみたいに冷たい子は、誰にも愛されやしないからね！　そこの王女様にだって、いつか見限られるに決まってるんだから！』

捨て台詞を吐き、サリーは逃げるように居間を出ていった。

静かになった部屋で、カイルが片手で顔を覆う。立っているのが精一杯のように見えて、ユーリアは慌てて寄り添った。

『大丈夫ですか？　今日は魔法を使いっぱなしだし、横になったほうが……』

『大丈夫だ。――悪いが、少し一人になりたい』

疲れてはいるようだったが、思ったよりもしっかりした口調だったので、ユーリアは後ろ髪を引かれながらも従った。

そこから今に至るまで、カイルとは顔を合わせていない。

サリーとのやりとりを思い返すと、無関係のユーリアでさえ腹が立つし、泣きそうになる。

少なくともこれを機に縁を切ると宣言できたことはよかったのかもしれないが――。

「つらかっただろうな、カイル……」

「呼んだか？」

「――うぷっ⁉」

思いがけない声に驚いて、浴槽の底でお尻が滑った。

鼻先までお湯に沈んでしまい、咳き込みながら見上げれば、浴室の扉が開いている。

逃げていく湯気と暖気の代わりに、腰にタオルを巻いただけのカイルが入ってきた。

「なっ……なんなんですか、いきなり⁉」

「たまには一緒に入ろうかと思ってな」

堂々たる態度に気圧《けお》されているうちに、カイルが浴槽を跨いだ。

ユーリアの背後に腰を落ち着け、両腕でお腹のあたりを抱き込んでくる。

「たまにはって……こんなの初めてじゃないですか」

お湯の中で重なる肌の感触に、ユーリアの頬が赤らんだ。

カイルのほうは肝心な場所を隠しているのに、こっちばかり全裸なのは不公平だ。

「そうだな。でも俺はずっとこうしてみたかった」

囁くカイルの鼻先が、ユーリアの項《うなじ》に押し当てられた。

くすぐったいがキスをされるわけでもなく、胸や股間に手が伸びてくるわけでもない。

淫らなことをされるのかと身構えたけれど、これは――。

「もしかして、甘えてます？」

「……悪いか」

拗ねたように呟かれ、ユーリアは首を横に振った。

落ち込んだカイルの癒しになるのなら、一緒に風呂に入るくらい、いくらでも付き合ってやろうと思った。

「振り向かないで聞いてほしいんだが……」

しばしの間を置き、思い切ったようにカイルは尋ねた。

「俺のことが嫌になったか?」

「え?」

「あんな浅ましい女と血が繋がってるとわかって。俺自身、あの母親から生まれたんだと思うと、自分のことが嫌でたまらなくなる。だから、君も……」

「そんなわけないじゃないですか!」

ユーリアは叫んだ。

振り返ってカイルを抱きしめたいが、そうしてはいけないのがもどかしかった。今の彼はきっと、気弱な表情を見られたくないのだ。

「誰から生まれたとか関係なく、あなたはあなたでしょう?　さっきのカイルはすごくえらかったですよ。サリーさんに対して、もっとひどい態度をとることだってできたのに、よく感情的にならずにいられましたね」

「……もう一度あの女に会うことがあったら、自分が何をするかわからなかった。今の俺は、指を鳴らすだけで人の息の根を止めることもできるから」

長い間抱えていたのだろう想いを、カイルはぽつぽつと言葉にした。

「実際に会ってみたら、彼女は記憶よりもずっと小さくて、老いていて、醜くて……魔法を使わなくても、簡単に殴り倒せそうで……どうしてこんな女を怖がって、機嫌を取ろうと必死になっていたのか、昔の自分が馬鹿みたいに思えてきた」

「そのときのカイルには、サリーさんしかいなかったからです」

それだけです、とユーリアは繰り返した。

大抵の子供にとって、幼い頃は母親との閉じた関係だけがすべてになる。

家計のために学校をやめて働き出したカイルは、自分の家がおかしいと気づいても、逃げ出す術《すべ》を持たなかった。

親子だから。育ててもらったから。自分が見捨てれば母親がどうなるかわからないから——血や情という名の呪われた鎖に、心を雁字《がんじ》搦《がら》めにされて。

「自分が馬鹿だったなんて思わないで。子供が親の愛情を求めるのは普通のことで、カイルが間違ってたわけじゃありません」

「別に愛されたかったなんて望んじゃいない」

ただ——とカイルは呻くように続けた。

「俺が憎みたくなかったんだ。他の家の子供と同じように、母親のことも父親のことも、普通に好きだと思えるようになりたかった……」

その言葉に、カイルの悲しみの深さを知る。

彼が本当につらかったのは、父と母から愛されないことよりも、子供として素直に愛せるような両親でいてくれなかったことのほうだった。

カイルが必死になって「家族」を守ろうとしていたのに、自分の都合しか見ていない彼らは、その愛情を受け取る器すら備わっていなかったのだ。

「弱音ばかり吐いて悪かった」

首の後ろで小さく笑う気配がした。

「もう俺もいい歳なのに……しかも、これから父親になるっていうのにな」

その言葉で、ユーリアは気になっていたことを思い出す。

「あの。いまさらですけど、子供ができてよかったですか?」

「心配か?　俺もあの女みたいに、自分の子を愛せない親になるかもしれないって?」

「違います。だけど、もしかしたら、カイルがそれを不安がってるんじゃないかと思って……」

「不安がないと言ったら嘘になる。だけど、俺には二人の恩人がいるから」

「恩人?」

「クレメンティアと、ユーリア——君だ」

ユーリアを抱きしめる腕に、ぎゅっと力がこもった。

「見返りを求めない愛情を、俺は二人からたくさんもらった。二人が俺に与えてくれたものを、今度は自分の子に返していけばいいんだと思ってる。もしどこかで間違ったとしても、君ならきっと俺を正してくれると信じているから」

「……はい」

「喜んでいないように見えたなら、悪かった。君との子供ができて、俺はとても嬉しい。体を大事にして、元気な子を産んでくれ」

「はい……っ」

頷いた拍子に、とうとう涙が零れた。

自分と出会ったことで、カイルは人生を肯定できるようになった。

夜の沼で死のうとしていた少年が、新たな家族を作り、我が子の誕生を望んでくれるようになったのだ。

背後から覗き込んできたカイルが、濡れた頬にキスをする。心配そうな様子がないのは、これが嬉し涙だと彼もわかっているからだ。

ようやく目を合わせると、本音を吐露したせいか、カイルは照れたように笑った。

自分では「いい歳」と言うけれど、その表情は昔の面影を残していて、甘やかしてやりたい気持ちでいっぱいになる。

だから、ユーリアは思わず言っていた。

「あのう、よかったらおっぱい揉みますか？」

「……っ……!?」

「男性が疲れたり落ち込んだりしてるときは、そうすると元気が出るんだってハンナが教えてくれたんです。間違ってますか?」

「間違っては、ない……ないんだが……」

誘われるように宙に浮かせた両手を、カイルはぐっと握りしめた。

「……体を大事にしろと言っただろう！　不埒なことは子供が生まれるまでお預けだ」

「カイルはそれで大丈夫なんですか?　だって――」

ユーリアが「おっぱい」と口にした瞬間から、タオルごしに当たる彼の下半身が、むくむくと兆《きざ》し始めている。

（あんな一言で元気になるっていうのは、本当なのね）

ハンナの教えに感心し、ついついそこに手を伸ばすと、

「駄目だ、これ以上誘惑するな……！」

ばしゃん！　と湯を波立たせてカイルは立ち上がった。

その拍子にタオルがずり落ちかけ、慌てて押さえようとするので、ユーリアは一応の礼儀として目をつぶった。

「俺は先にあがるから、君はゆっくり温まるんだぞ。いいな！」

股間が見えたら沽券《こけん》にかかわるとばかりに、カイルは慌ただしく浴室を出て行った。

「……体、まだ洗ってませんでしたよね?」

呟いて、一人になったユーリアはぷっと噴き出す。

それはすぐにくすくす笑いになり、お腹を抱えての大笑いになった。

「あなたのお父さんってば、うっかりさんねぇ」

笑いながら、ユーリアは下腹を撫でて話しかけた。

「さっきは助けてくれてありがとう。ゆっくり大きくなって生まれてきてね。私もカイルも、あなたに会えるのを楽しみにしてるわ」

今日はとても長くて、とても疲れた一日だった。

——それでも明日からは、家族三人の暮らしに向けた新たな日々が始まるのだ。

エピローグ

大広間を後にしたのちも、軽やかな円舞曲《ワルツ》のメロディが耳に残る夜だった。

「♪ふふふんふんふん、ふんふふふん……」

ユーリアは鼻歌を歌いながら、カイルと腕を組んで、臙脂《えんじ》の絨毯が敷かれた王宮の廊下を歩いていた。

二人とも普段よりドレスアップしており、ダンス用の靴を履いている。

つい先日、兄のエミリオの婚約が決まり、今夜はお披露目《ひろめ》の宴が催されていたのだった。

上の兄はすでに妃を迎えているし、三人の姉妹も嫁いでいるし、これでやっと全員が片づいてくれそうだと両親は胸を撫で下ろしている。

エミリオの妻となる侯爵令嬢は明るくて感じのいい女性で、仲睦《むつ》まじい夫婦になりそうだった。

そのことが嬉しくてめでたいという気持ちももちろんあるが。

「どうした。ご機嫌だな、さっきから」

ステップを踏むように歩くユーリアを、カイルが不思議そうに見下ろした。

「だって、解放感がすごくって」

「解放感？」

「カイルと二人で踊るなんて結婚式以来じゃないですか。しかも、今夜はシャンパンまで飲んじゃったんです。リリアがお腹にいるってわかってから断乳するまで、お酒はずっと我慢してましたから」

「そういえばそうだな。——あれから、もう二年以上になるのか」

カイルの呟きどおり、妊娠が判明したあの日からすでに二年半が過ぎていた。

日ごとに大きくなるお腹にふぅふぅ言ったり、いざ迎えた陣痛にわぁわぁ喚いたりしたものの、カイルは常にそばにいて支えてくれた。

生まれた子供は女の子で、リリアと名づけられた。

顔立ちばかりか、目や髪の色まで母親瓜ふたつの赤ん坊に、カイルは一日で虜《とりこ》になったようだった。

出産を終えて疲労困憊《ひろうこんぱい》のユーリアの分まで、カイルは実に細やかに赤ん坊の世話をした。

乳母を雇おうと思えば雇えたが、自ら沐浴《もくよく》をさせ、寝かしつけをし、おむつ替えの際におしっこをひっかけられても『元気がいいな』と笑っていた。

『カイルがここまで子煩悩になるとは思いませんでした』

出産からしばらくして、ユーリアはしみじみと言った。

夜泣きで起こされても嫌な顔ひとつせず、一晩中でもリリアを抱いてあやす姿に感心しながらだ。

『俺も、自分の子がこんなに可愛いとは思わなかった』

腕に抱いた娘を見つめる眼差しは、蕩けそうに甘かった。

『リリアを見ていると、この子のためならなんでもしてやりたくなる。不幸や困難にはなるべく見舞われてほしくないし、ろくでもない男に泣かされでもしたら、そいつを呪わない自信がない』

『気が早すぎますよ。リリアはまだ一歳にもなってないのに』

呆れるユーリアにカイルも笑い、『だが……』と呟いた。

『生まれたての赤ん坊に手がかかるというのは本当だな。俺が育児を楽しめるのは、君がいつでもそばにいて、リリアの成長を一緒に喜んでくれるからだ。——あの人には、そういう相手がいなかったんだな』

カイルが実母《サリー》のことに触れるのは久しぶりだった。

子供を産んだこともないくせに何がわかるのか——と馬鹿にされたことを、ユーリアも思い出した。

確かに、命を育てるというのはままごとではない。

夫の稼ぎがあてにできない状況で、産後の回復も追いつかず、言葉の通じない赤ん坊と二人きりにされたら、ユーリアだって道を誤らないとは言い切れない。自分に限って絶対にそんなことはないと思うのは、恵まれた環境ゆえの傲慢さだと自覚した。

だからといって、サリーのしたことが正当化されるわけではないけれど――。

『あの親に育ててほしかったとは思わないが、少なくとも、産んでくれたことには感謝している。この世に生まれなければ、君にもリリアにも出会うことはなかったからな』

何かが吹っ切れたようにカイルは言った。

『リリアも魔力を持っていることで苦労するかもしれないが……君から生まれた子だ。きっとまっすぐ育ってくれるはずだ』

妊娠中から予想していたとおり、やはりリリアは魔力を宿していた。まだ赤ん坊なので、癇癪《かんしゃく》を起こして泣くと部屋中ものを浮かしてしまうなど、力の制御ができていない。

けれど、ユーリアはさほど心配していなかった。

前世の自分も同じような赤ん坊で、実の親には捨てられたが、同属の老婆に育ててもらえた。元魔女の母親と魔法使いの父親を持つリリアなら、成長するにつれて、魔力を操る術《すべ》を学習していくはずだ。

何より、リリアはその愛らしさで大勢の人々を魅了している。

その筆頭が、彼女の祖父と祖母にあたる国王夫妻だ。

「それにしても、本当に大丈夫か？　オーランドに一晩リリアを預けて」

「お父様だけじゃなくお母様もいますから、安心していいと思いますよ」

不安げなカイルを、ユーリアは笑って説き伏せた。

両親にはすでに数人の孫がいるが、何人目であっても愛情が目減りするものではないらしい。今夜の宴でも、乳幼児用のドレスを着た愛くるしいリリアを離さず、孫自慢にいそしんでいた。二人がリリアの面倒を見ていてくれたから、夫婦でワルツを踊ることも叶ったのだ。

挙句に、オーランドはこう言い出した。

『せっかく王宮《うち》に寄ったんだから、二人とも今夜は泊まっていきなさい。ついでに、じぃじはリリアちゃんと一緒にねんねしたいぞ！』

『じーじとねんね、ねんね！』

祖父に頬ずりをされたリリアは、人見知りもせずにきゃっきゃと笑った。

『そうよ、リリアちゃんもこう言ってることだし。ばぁばは絵本を読んであげましょうねー』

母のアミアもでれでれになり、自分たちの部屋で寝かせるのだと言って譲らない。

オーランド相手なら強く出られるカイルも、義母のアミアには遠慮があるようで、

『……それでは、今晩だけよろしくお願いします』

と引き下がったというわけだ。

「だが、まぁ――考えようによっては、これはいい機会だな」

カイルがそう言ったのは、賓客用の寝室に落ち着いたあとだった。

ちょうどそのとき、ユーリアは鏡台の前に座り、結い上げた髪を解《ほど》いているところだった。

今夜の装いは、瞳の色に合わせた瑠璃色のドレスで、胸元や袖口には金糸織《きんしおり》のレースがあしらわれている。そこに合わせた装身具も金細工で、薔薇《ばら》を象《かたど》った髪飾りを抜き取りながら、ユーリアは首を傾げた。

「いい機会？」

「リリアの夜泣きを気にしないで、君と過ごす夜は初めてだろう」

楕円《だえん》の鏡に映り込んだカイルが、背後からユーリアを抱きすくめた。

首筋にキスをされ、甘く吸い上げられる様が、ユーリアの目にもありありと映った。

「んっ……ちょっと……」

口づけの痕跡に赤らむ肌が、じんじんと熱を孕《はら》む。

麻酔薬を打たれたように意識が濁り、そのくせ皮膚感覚だけが鋭敏になっていく。

その間にカイルの手は背中の編み上げ紐を巧みに解き、コルセットをずらして弾み出た乳房を弄んだ。

「期待しているのか？　もう先端が尖ってる」

「ち……違います……っん！」

「こんなに硬くなっているのに？」

「っ、やめて……きゅうってしちゃ、だめぇ……――っ」

左右の乳首を同時に押し潰されて、切ない悲鳴があがる。

半身を裸に剥かれ、夫に悪戯される鏡の中の自分は、頬を上気させて瞳を潤ませていた。

その表情がみだりがましくて、『やめて』という言葉の白々しさを思い知る。

（こんな顔……もっとしてほしいって言ってるみたい……）

ユーリア自身でさえそう思うのだから、カイルはなおさらだろう。

「この間までは、こうして絞ると母乳が出ていたのにな」

「だ……だから触られたくなかったんです……っ」

勃起した乳首を根元から扱《しご》かれ、ユーリアはそう訴えた。

リリアに授乳していた頃、そこは少し刺激されるだけで、白濁した母乳をぽたぽたと零した。

カイルがふざけて口をつけたこともあったが、それはひどく落ち着かない行為だった。

本来なら、乳房も乳首も母親が我が子を育てるためのものなのだ。

そこで性的な快感を得てしまうことが、ユーリアは後ろめたかった。

産褥《さんじょく》期が過ぎたあとから、夫婦の営みは少しずつ再開したものの、リリアのことが気になって没頭しきれなかったということもある。

「今はもう漏れないし、ここなら声は我慢しなくていいだろう？」

「んっ……はぁ、……や、あぁあ……っ！」

しまう。

カイルの言うとおり、子供から離れて抱かれるのは久しぶりで、体がいっそう快感を拾って
両方の乳首をくびり出し、押し回すようにしながら、カイルが柔らかく命じた。

「スカートをめくって、靴と下着も脱いで、足を鏡台に載せてみろ」

「そんなお行儀の悪いこと……」

「俺以外は誰も見ていないだろう？」

秘密めかして囁かれ、ユーリアは観念して付き合うことにした。

椅子の上でもぞもぞと腰を浮かし、スカートをたくし上げて、すでに湿った下着を抜き取る。

言われたとおりに靴を脱ぎ、ストッキングに包まれた踵《かかと》を天板に乗せると、カイルが鏡に手を伸ばした。

鏡の左右には蝶螺子《ちょうねじ》がついており、角度の調整ができるようになっていた。それを手前に倒すと、上から覗き込むように剥き出しの秘処が映し出される。

「わかるだろう？　君のあそこがたっぷり濡れているのが」

わざわざ指摘されるまでもなかった。

ぽってりと充血した花唇が、てらてらと濡れ光っている様子が丸見えだった。太腿の位置で留まった黒いガーターベルトが、白い肌を締めつけるコントラストもまた卑猥だ。

「見ていろ。俺が触るともっと溢れてくるから」

床に膝をついたカイルが、横から手を伸ばして花芽をくりくりといたぶり始める。

その刺激に秘裂がどぷりと愛液を吐き、興奮と背徳感が加速した。

「こ……こんなこと、鏡を見て思いついたんですか……?」

「ああ。ユーリアがどうしたら恥ずかしがるか、いつも考えている。口では嫌がっても、俺にいやらしく苛《いじ》められるのが本当は大好きだろう?」

「ぁん……もう……カイルの、意地悪……っ!」

「お望みなら、もっと意地悪になってやろうか」

言うなり、カイルは秘玉からすっと手を引いてしまった。

快感をお預けにされ、ユーリアは思わずねだるように彼を見やった。

「続きは自分でしてみるといい」

「自分で——……って、え⁉」

「意味はわかったな?　最初だけはこうして手伝ってやる」

カイルはユーリアの右手を掴み、うずうずする場所に導いた。

恥毛《ちもう》を掻き分け、官能を司《つかさど》る肉芽はここだと、中指を当てがって教えようとする。

「ま、待って……あっ、いや……!」

指に指を重ねられ、くちゅくちゅと小刻みに動かされた。

動かしているのはカイルでも、擦れているのは自分の指で。

神経の塊であるそこは、痺れるような快感を早くも味わい始めていて。

「んぁっ……あ、や……ぁあああんっ……」

「外だけじゃなく、君は中のほうも欲しがりだからな」

ひくつく蜜孔《みつあな》に、今度は左手を持っていかれた。ぬかるんだそこは、中指と人差し指の両方をずぷずぷと難なく呑み込んでしまう。

自分の内側に触れたことが初めてで、未知の感触にユーリアは目を瞠った。

「熱いだろう？　それに、とても狭い」

ユーリアの発見を、カイルがそのまま言葉にしてくる。

「びっしょり濡れて、ざらつく襞が左右からぎゅうぎゅう締めつけて……俺にとって、どれだけ魅惑的な場所かわかるか？　俺はいつだって君のここに入りたくてたまらないんだ」

露骨な欲望を口にされると、子宮がきゅうっと収縮し、膣道がうねって狭くなる。

カイルの肉棒を挿入されるたび、こんなふうに貪欲に食らいついていたのかと、図《はか》らずも確かめることになってしまった。

「このあたりに、こりっとした部分があるだろう」

ユーリアの下腹に触れてカイルが言った。

恐る恐る探り当てたそこは、周囲とは明らかに違っていた。

指先を押し返すこりこりした感触も。

触れた場所からぶわっと拡散する、目の前で星が瞬くような快感の強さも。

「い、っ――……!?」

驚きで手を止めてしまったが、むずむずする渇望はおさまらない。スイッチの入った体をどうしたものかと泣きそうになっていると、カイルが甘い声で唆《そそのか》した。

「そこが君の弱い場所だ。そのまま続けて刺激してみろ」

「で……でもっ……」

「君がはしたなくなるほど、俺もいやらしくなれる。そういう俺も好きだろう？」

「なんでそんなに自信たっぷりなんですか……」

「決まってる。俺にいやらしいことをされると、君が悦《よろこ》ぶからだ」

カイルが膝をついた姿勢から伸びあがり、ユーリアの胸に吸いついた。

「ぁぁあんっ……！」

濡れた舌で乳首を転がされると、ずきずきした疼きが我慢できなくなる。

反対側の乳首も指で捏ねられ、何も考えられないくらいの快感に腰が揺れた。

（カイルに『しろ』って言われたから……このままじゃおかしくなっちゃうから……）

自分への言い訳を用意して、ユーリアは体内に埋めた指を動かした。

さっきのこりこりした部分を中心に、円を描くように刺激すると、たちまち理性が蕩けてしまう。

「ひっ、う……ぁん、ぁぁ、ふぁあああんっ……！」

ぢゅぷ……ずぷ……ぐち、じゅぷぷっ……。

二本の指にどろどろの愛液が纏わりつき、淫らな水音を奏でた。

そうして生まれた愉悦は、さらなる欲望の呼び水になる。秘玉に添えた右手の指も、せわしなく滑ってぬるみを塗り広げた。

浅ましい己の姿から目を逸らしたくても、カイルがそれを許さない。

「目を閉じるなよ。鏡を見ていろ」

裸の下半身を晒し、大股開きで自慰に耽《ふけ》るところを目に焼きつけておけと言うのだ。

視線を外せば咎めるように乳首を噛まれてしまうので、言いつけに従うしかなかった。

（ああ、私ったら……なんてはしたなくて、だらしないの……）

椅子の上に据えた腰はくねり、背もたれに預けた体は斜めにずり落ちる寸前だ。

包皮から飛び出した花芽は今にも弾け飛びそうで、二本の指を呑み込んだ秘口は愛液を垂れ流し続けている。

カイルの指と口でいたぶられる乳首は赤く腫れ、部屋には甘酸っぱい女の匂いが噎《む》せ返《かえ》るほどに充満していた。

こんな姿は誰にも見せられない。

父にも母にも兄姉《きょうだい》にも、そして何より我が子にも。

けれど、「あってはならない」ユーリアの痴態を、カイルは愛おしげに見つめている。閨では意地悪な彼だが、ユーリアが本当に嫌がることをさせたり、我を忘れて乱れる様を嗤《わら》ったりすることはなかった。

それを知っているから、ユーリアも結局は夫の要求に応えてしまう。

押し寄せる快楽の波に身を委《ゆだ》ね、熱に浮かされたように口走った。

「ぁ……あ、もう……いきそう、ですっ……」

「いいぞ。見ていてやるから、自分の指だけで達ってみろ」

もう少し理性が残っていれば、その言葉は決して受け入れられなかっただろう。

けれど今は、カイルが見守っていてくれると思えばこそ、安心して気持ちよくなれた。

罪悪感から解放されたユーリアは、陰核と膣内をぐちゅぐちゅと夢中でまさぐった。

「見て……んっ……見てて、ください……ぁあっ……来てるっ、……何か、くる……っ！」

忘我の極みに飛ぶ瞬間、ユーリアは経験したことのない異様な感覚に震えた。

爪先がぴんと反り返り、下腹部が痙攣すると同時に、股間からぷしゃあっ――と透明な飛沫《しぶき》が噴き上がった。

「なっ……!?　止まらな……あぁぁっ、出る……！　やだやだ、出ちゃうぅ……！」

止めようにも止められない液体が、ぷしゅぷしゅと断続的に撒《ま》き散らされる。

それは鏡に当たって跳ね返り、椅子の座面に沁み込み、カイルの顔までも汚していった。

長々した噴出がようやく終わってから惨状を把握し、ユーリアは青くなった。

「ごめ……ごめんなさい……！　もう大人なのに、お漏らしなんて……っ」

「漏らしたわけじゃない。これは潮だ」

申し訳なさで泣き出しそうになっていると、カイルは諭すように言った。

「自慰で達した上に潮まで噴くとは、本当に気持ちがよかったんだな」

「え？　潮？　今のが……ですか？」

ユーリアは当惑して目をぱちぱちさせた。

ハンナの性教育には、およそ死角というものがない。女性が深い快感に陥ると無味無臭の液体が排出される現象のことを、言われてやっと思い出した。

お漏らしではないとわかってほっとしたが、やはり恥ずかしいことには変わらない。

「これ……鏡とか椅子とか、魔法で綺麗にできますか？」

「君が望むならそうしておくが」

「絶対にお願いします！」

「ということは、このあとどれだけ汚しても構わないということだな」

「はい？」

「君がここまで感じられるとは知らなかった。出産で体質が変わったのかもしれないが、初めてが自慰でというのはなんだか癪《しゃく》だ。俺も君に潮を噴かせてみたい」

「はぁ……?」

困惑するうちに腕を引かれ、ユーリアはその場に立たされた。

寝台に向かうのかと思いきや、カイルはおもむろにズボンの前を寛げた。ずっと勃起していたらしい雄茎が、ようやく解放されたとばかりに飛び出してくる。

向き合った姿勢で片脚を抱えられ、熱い猛りを恥丘《ちきゅう》に押しつけられて、ユーリアは狼狽した。

「え……まさか、このまま――……んんぅっ⁉」

カイルの目論見に気づくのが遅れたせいで、互いに立ったまま性器を繋げられる。

膣壁を抉りながら侵入してくるものに、内臓をずぐんっと押し上げられて、ユーリアの背中が仰《の》け反《ぞ》った。

「や、ぁ……こんな、格好でぇ……っ」

「逃げるな」

もがくユーリアの腰を抱き寄せて、カイルはより深く密着してくる。

長大な肉杭を奥まで埋《うず》めきったのち、膣内をまんべんなく擦り上げるように、ゆるゆると動き始めた。

「うふ……ん、はっ……ぁぁぁっ……」

自慰で達したばかりの体に新たな快感の火種を植えつけられて、ユーリアは喘ぐことしかできなかった。

ごりゅごりゅと抜き差しされるものが、いつもより太い気がする――いや、そうではなくて、これは自分が締めつけているのだ。

「あぁ、は……奥まで、届いて……」

「立ったまま犯されるのも気に入ったか？」

「んんっ、好き……カイルとするなら、なんでも好きです……」

「本当に、君は可愛いな……っ……！」

欲にかすれた声で囁かれると、胸が多幸感でいっぱいになる。

持ち上げた片脚を鏡台の天板に載せられても、ユーリアはもう抵抗しなかった。

「ほら。君が奥まで咥えてくれているところが、しっかり見える」

カイルがまた鏡の角度を調整し、結合部を映し出した。

ぱっくりと開いた股座《またぐら》はしとどに濡れて、肉の楔に貫かれている。

赤黒い血管を浮かせて張りつめた男根が、愛液を泡立たせながら力強く出入りしていた。

「ぁ、すごい……すごい、やらしい……っ」

ただでさえ大きいとは思っていたが、秘口を引き伸ばす雄茎の太さに生唾を飲んでしまう。

カイルはそこに、さらなる淫虐を仕掛けてきた。腰を反らして生まれた隙間に指をねじ込み、肥大した秘玉を揺さぶったのだ。

「あ、はぁんっ……！　それ、だめっ……だめぇ！」

「く……、きつい……」

律動を阻むほどに強く絞り上げられ、カイルも息を凝らした。

振り切るように腰を叩きつければ、ぐちゅっ、ばちゅんっ、と大きな音が鳴る。

きゅんきゅんと引《ひ》き攣《つ》る子宮が痛いほどで、ユーリアはたちまち音をあげた。

憚《はばか》りのない声をあげ、絶頂に至る螺旋階段を昇り詰めていく。

「んっ、いく……いくっ……ごめんなさい、またいっちゃうぅ……っ！」

しゃあしゃあと噴き出す水音を聞きながら、ユーリアはまたしても潮を噴いていた。

これほどの水分をどこに溜《た》め込んでいたのかと思うほど、派手に溢れた体液が互いの下肢をびしゃびしゃにする。

「潮だけじゃなく、こっちも出たな」

乳首を出し抜けに摘まれ、ユーリアはびくっとした。

見下ろせば、乳頭の先からとろりとした白い液が滲み出ている。

リリアに吸われることがなくなって自然と涸れたはずの母乳が、激しい子宮収縮につられて残滓《ざんし》を絞り出していた。

指についた液体を舐めて、「甘い」とカイルが笑う。

生理的なものだとわかっていても、潮も母乳も噴き零して絶頂したことが、改めて恥ずかしくなってしまった。

「ごめんなさい、私……」

「さっきから、どうして謝ってばかりいる？」

「だって、私だけが何度も……カイルはまだ全然なのに……」

「俺のことなら、今から愉《たの》しませてもらうから気にするな」

「ひゃっ⁉」

膝裏の下に回した腕で腰を抱かれ、繋がったままの体が浮き上がった。

寝台に運ばれ、上から覆いかぶさってこられる間も、カイルの肉茎はずっと硬いままユーリアの中に収まっていた。

「今のって、重力軽減の魔法を使ってます？」

「非力に見えても俺も男だ。君一人くらい抱えられる」

「でも、腰を痛めるんじゃないかと思って」

「俺の腰がどれだけ丈夫か、君が一番知ってるんじゃないのか？」

にやりと笑ったカイルが、いきなり最奥まで肉棒を打ち込んできた。

「ふぁぁうんっ……！」

体重を乗せた突き入れに花芽が潰れ、びりびりとした喜悦が脳天に抜ける。

ぐりんっと中を掻き回されて、蜜襞がよじれた。どれだけ蹂躙されても、ユーリアのそこは暴れる雄芯を受け止め、精を欲しがって吸いつこうとする。

「んっ、ふ……ぁぁぁっ、カイル……っ」

「奥までとろとろだな……気持ちいいか?」

「はい……やっぱり、こうして普通にするのが、好き……っ」

鏡を見ながらするのも、立ったまま抱かれるのも嫌ではなかったけれど、正常位でカイルを見上げているのが一番快感に没頭できる。

けれど、自分だけがよくなるのでは寂しいのだ。

「私はいっぱい気持ちよくしてもらいましたから……カイルも」

「ああ――もう遠慮しない」

ユーリアの腰を摑んだカイルが、柔らかく潤んだ場所をいきり勃《た》った剛直で穿った。

「ぁあああっ……!」

優しいカイルが荒っぽい欲望を剥き出しにする瞬間には、いつもぞくぞくする。

ぶちゅぶちゅと派手に響く水音が律動の激しさを物語っていた。

子宮を殴りつけられるような抽挿に、息が詰まってひしゃげた声しか出てこない。

それでもユーリアは嬉しかった。

前世でも、今世でも。

どちらが年下でも、年上でも。

息を切らし、胸を弾ませ、全身で愛情をぶつけてくれるカイルが自分の運命の男《ひと》だった。

伸ばした手で口元に触れると、察したカイルのほうから唇を重ねてくる。

カイルの侵入を待たず、ユーリアも舌を伸ばしてちゅくちゅくと夢中で絡め合った。

濃密なキスをしながら下半身でも結びついている時間は、あまりにも幸せで気持ちがよくて、永遠に続いてほしくなる。

けれど、刻一刻と高まる興奮には果てがあって。

「っ……、――っん!」

肉芽を擦《す》り潰すように動かれ、首を逸らした拍子に、ぷはっと唇が離れた。

カイルがユーリアの足首を摑んで持ち上げるのは、射精に向けて腰を打ち下ろす合図だ。

「いくぞ」

「きて……お願い……――っ、は、やぁぁあっ……!」

ばちゅん、ばちゅんっ! と蜜の飛沫《しぶき》を散らしながら、熟れた蜜壺に肉棒が出入りする。

無秩序な動きに見えてそうではないことが、ユーリアは今夜初めてわかった。

己の指で触れて発見した、膣内のこりこりした一点。

抜き差しするたび、カイルの亀頭は必ずそこを狙って擦り上げてくる。

自身の快楽を追いながらも、ユーリアを置き去りにしない気遣いに胸がいっぱいになった。

「んっ……いく……いくっ……ぁああっ――!」

甘美な漣《さざなみ》が駆け抜けて、ユーリアはとうとう三度目の潮を噴く。

カイルの呼吸が短くなって、怒張がひときわ大きく漲《みなぎ》って。

「出すぞ……君の、奥に出す……っ……」

「ぁああっ……出して……熱いの、いっぱい出してぇ……！」

ひとつになった二人の体が揺れて、寝台がぎしぎしと軋む。

全身から汗を振り絞って、頭皮までが濡れそぼつ。

最後の潮を噴いたあとから、ユーリアは小刻みに達し続けていた。

繰り返す絶頂に気が遠くなり、上下すらわからなくなって、過去も未来もひとつに溶けて。

爆《は》ぜる瞬間に備えて膨らんだ亀頭が、子宮口に食い込んで震えた。

「っ……、いく……――っ！」

流れ込んでくる精液と、びくびくと跳ねる肉棒を感じながら、過ぎる快感にユーリアの意識が薄れていく。

愛おしい夫の顔を見つめながら、ユーリアは微笑んで目を閉じた。

ようやく欲しいものを浴びせられた蜜洞が、最後の一滴まで啜り込むのだと言わんばかりに、男根をちゅうちゅうとしゃぶり続けていた。

◆◆◆

「今夜はやりすぎたかと思ったが……――こんなに嬉しそうな顔をして」

汗ばんだユーリアの髪を撫で、カイルは小さく笑った。

あんなに無茶な抱かれ方をしたというのに、ユーリアは満ち足りたような笑みを浮かべて眠っている。

隣に横たわって抱き寄せながら、ふと、この寝顔を絵に描いてみたいと思った。

寝顔だけではなく、もちろん起きている姿も。

ユーリアだけでなく、娘のリリアも。

クレメンティアを亡くして以来、手掛けるのは風景画ばかりだったが、今なら愛おしい者たちの姿を絵にすることができそうだった。

目を閉じてカイルは想像する。

これから五年後。十年後。

子供は増えるかもしれないし、増えないかもしれない。

やがては孫ができるかもしれないし、できないかもしれない。

けれど、どんなときでも自分は絵筆を取り続けよう。

嬉しいときも悲しいときも、変わっていく家族の有様を形にして、屋敷中に飾るのだ。

（クレメンティアに、ユーリア――……何も持たなかった俺に、君たちはすべてを与えてくれたな）

誰かのことを狂おしいほどに恋《こ》うる気持ちも。

つらい過去は切り捨てていいのだと思える強さも。

そして何より、カイルが切望した温かい家族を。

「——俺に、素晴らしい宝物をくれてありがとう」

ユーリアが目覚めたら改めて伝えようと思いながら、眠る妻の唇に、カイルはそっと優しいキスをした。

あとがき

こんにちは、もしくは初めまして。葉月・エロガッパ・エリカです。

蜜猫文庫さんでは三冊の本を刊行させていただいておりますが、姉妹レーベルである蜜猫F文庫さんでは、これが初登板になります。

ひそかに嬉しいのが、F文庫さんだと表紙の質感がマットなことですね。

私は古《いにしえ》のオタクなので、中学生の頃から同人誌即売会に参加していたのですが、好きなサークルさんが出される本が、毎回艶消しのマット加工だったんですよ。

当時はお金がないので、拙い漫画や小説をちまちまとコピー本にしていたのですが、いつかオフセット本を出せるようになったら、絶対マットな表紙にするぞ〜と憧れていて。

同人活動は高校生の頃までしか続かなかったので、その夢は叶わなかったのですが、まさか今頃になって自分の本がマット加工に！　嬉しい！　早く見本誌なでなでしたい！

……しょうもない話を長々とすみません。今回、あとがきが若干長めなので、やたら文字数費やした幕明けになってしまいました。

さて、『恋敵は自分？　冷徹不愛想な魔公爵さまは前世の私にベタ惚れでした』について。

「前世持ちヒロイン&前世では年下（だけど今世では年上）ヒーロー」という骨組みだけは早々に決まったのですが、どういうタイプのキャラクターにしようかというところで、少し迷った作品です。

結局、ユーリアはおっとりしつつも前向きで包容力のある女子に。

カイルは年齢こそ大人だけど、中身は愛に餓えた孤独な少年――というイメージで書いていました。

カイルが冷徹で不愛想なのは、ユーリア（かつてのクレメンティア）と結ばれれば、彼女が再び死んでしまうかも、と恐れているからです。「Hしたら好きな相手が死んじゃった」って、いやぁ、強烈なトラウマですよねー（お前が言うな）。

そのトラウマを乗り越えた先で、カイルにはもうひとつの心の傷を克服してもらいました。試練の多いヒーローだったなと、書き終えて改めて思います。

その分、桃色シーンはたっぷり濃いめに。寝惚けてはっちゃけちゃったりもしちゃって。

触手×裸○○○ってなんだよ。「魔法使いヒーローなら触手プレイはマストで……それだけだとシンプルだから、何か要素を足しますか！」って無駄に盛ろうとするエロガッパこそなんなんだよ。

とりあえずマリアージュしてみればいいってもんじゃないからな？　というツッコミが聞こえてきそうですが、すみません。不憫ヒーローにこそ、やりたいことなんでもやらせてあげたくなっちゃうんです。

以下は恒例の謝辞です。

イラストを担当してくださった緒花様。

他社さんでのお仕事も含めると、緒花さんと組ませていただくのは二回目になります。キャララフを拝見したとき、ユーリアとクレメンティアの絶妙な差に感動しました。寄り添う主役二人が光に彩られた表紙も、宗教画のように神々しくて。

こんなにも美しい絵柄の方に、触手×裸〇〇〇なんてけったいなものを描かせてしまい、申し訳ございません……！

お忙しい中お仕事を引き受けてくださって、本当にありがとうございました。

お世話になりました担当様。

お久しぶりの対面打ち合わせで、「前世ものやってみたいんです」と言い出したエロガッパに、的確なアドバイスをありがとうございました。美味しいプリンもご馳走さまでした。これからもどうぞよろしくお願いいたします。

この本をお手にとってくださった読者様。

最後まで読んでいただき、どうもありがとうございました。

この本が発売されるのは七月末で、その頃がデビューからちょうど十五年になります。

それなりに大変なこともありましたが、総じて運よく、たくさんのご縁に恵まれて、ここまで書き続けてこられました。

何度でも繰り返しますが、一番は作品を読んでくださる方々のおかげです。

毎日の執筆作業は地道で、自分がやらなきゃ絶対に終わらなくて、誰にも代わってもらえないことにたまにべそべそしたりもしますが、物語をひとつ生み出すごとに、どこかの「あなた」に届いていることを信じて、これからも頑張ってまいります。

それではまた、よろしければどこかでお会いできますように！

二〇二四年　六月　　　　　　　　　　　　葉月　エリカ

蜜猫 Mitsuneko Label F

蜜猫F文庫をお買い上げいただきありがとうございます。
この作品を読んでのご意見・ご感想をお聞かせください。
あて先は下記の通りです。

〒102-0075 東京都千代田区三番町 8 番地 1 三番町東急ビル 6F
(株)竹書房　蜜猫F文庫編集部
葉月エリカ先生 / 緒花先生

恋敵は自分？
冷徹無愛想な魔公爵さまは前世の私にベタ惚れでした

2024 年 7 月 29 日　初版第 1 刷発行

著　者　葉月エリカ　
発行所　株式会社竹書房
〒102-0075
東京都千代田区三番町 8 番地 1 三番町東急ビル 6F
email : info@takeshobo.co.jp
https://www.takeshobo.co.jp
デザイン　antenna
印刷所　中央精版印刷株式会社

人間不信な
王子様に嫁いだら、
執着ワンコと化して
懐かれました
葉月エリカ
Illustration Ciel
やっと、叶った……
僕は今、君を抱いてる
グランソン伯爵の落とし胤であるティルカは、父の命令で第一王子のルヴァートに嫁がされる。彼は落馬事故により、足が不自由になっていた。本来の朗らかさを失い、内にこもるルヴァートは結婚を拒むが、以前から彼を慕うティルカは、メイドとしてでも傍にいたいと願い出る。献身的な愛を受け、心身ともに回復していくルヴァート。「もっと君に触れたい。いい?」やがて、落馬事故が第二王子の陰謀である疑惑が深まり!?
蜜猫文庫

ポンコツ魔女ですが、美少年拾いました
呪いが解けたら、えっちな猛攻プリンスに成長するなんて聞いてません!?

葉月エリカ
Illustration Ciel

ラーナの初めては、俺が全部もらうって決めてたから

未熟な半魔女のラーナは、森で倒れていた十二歳の少年ウィルを拾い、一緒に暮らしていた。呪いのせいで成長せず、自分の素性も話せないウィルだったが、いつまでも子供扱いしてくるラーナに憤り、キスしたとたん二十歳の美青年の姿に!「触ってみたかった。ずっと」熱く囁きながら押し倒してくるウィルに流されて、快感を覚えてしまうラーナ。弟のように思っていた彼の情熱に戸惑うも、気持ちは徐々に傾いていって……!?

蜜猫文庫

殿下、この求婚はなかったことに

竜族の王子様がなぜか私を溺愛してくるのですが⁉

月城うさぎ
Illustration サマミヤアカザ

君に名前を呼ばれるのはとても心地いい

子爵令嬢マリエットは舞踏会で婚約者が浮気しているのを目撃してしまった。傷付く彼女にエルと名乗る美貌の青年が接近してくる。「君をたっぷり愛させてほしい」甘く誘われるまま彼と一夜を共にしてしまうマリエットだが、エルはなんと滅多に国の外に出ない竜族の国の王子だった。マリエットを番と呼び、国に連れて帰るという彼に驚き断るマリエット。だがエルは拒絶されたショックで小さな竜に変化して泣き出してしまい——!?

蜜猫F文庫